胆《たん》斗《と》の如し

捌き屋 鶴谷康

浜 田 文 人

幻冬舎文庫

胆斗《たんと》の如し　捌き屋　鶴谷康

目次

主な登場人物

鶴谷　康　（四十九）　捌き屋

加倉　竜二（四十一）　東洋新聞社　政治部記者
木村　直人（五十七）　優信調査事務所　所長

杉江　恭一（五十五）　東和地所　専務
津島　忠成（五十七）　山菱不動産　専務
赤城　勝利（六十三）　神山建設　常務
中山　勤　（七十一）　民和党　衆議院議員

藤沢　菜衣（三十九）　クラブ菜花　経営者
白岩　光義（四十九）　二代目花房組　組長

第一章　手枷足枷

人が近づく気配を感じた。

それでも、鶴谷康《つるたにこう》は視線を逸《そ》らさなかった。

目の前に横幅二メートル、奥行き一・五メートル、高さ二メートルの水槽がある。なかには体長四十センチの大正三色の錦鯉《にしきごい》一匹が棲《す》んでいる。

かれこれ二十分、鯉は竜宮城に寄り添い、鰓《えら》だけを動かしていた。

ときおり、その部分が照明のあたり加減で宝石のように輝く。

残暑きびしい昼下がりだが、水槽のあるサンルームはブラインドと分厚い遮光カーテンで映画館のように薄暗く、エアコンがきいている。照明は光度を低く抑えてある。

ちいさな足音が鶴谷の傍《かたわ》らで止《や》んだ。

藤沢菜衣《ふじさわさえ》がすこし上半身をゆする。

鯉も尾鰭《おひれ》をゆらした。

鶴谷は鯉を見たまま口をひらいた。

「手懐《てなず》けたんか」

「ツルは色に反応するの」

菜衣は一年ほど前から鯉をツルと呼ぶようになった。

鶴谷は顔を横にふった。

菜衣はあかるい紺のタンクトップに白のクロップドパンツを穿《は》いている。

「いろんな色のシャツを着てみたけど、ツルは青が好きみたい」

「俺と一緒や」

つい声になった。

くすんだ紺の大島紬《つむぎ》、菜衣の店では黒に見える紫紺のロングドレス、涼しげで小粋《こいき》な花紺の紗の着物。どれも映像として記憶にある。

菜衣と目が合った。

見開いた目がすこしずつ閉じられ、やがて三日月になった。

「初めて聞いたわ」

「そうか」

鶴谷はそっけなく返した。

これまで菜衣の感情にふれる言葉は避けてきた。

菜衣の感情にふれて落ち着かない気分になるのは何年も変わらない。

菜衣は盟友なのだ。

七年前にそう己《おのれ》に言い聞かせた。

その二年前に菜衣と知り合い、一瞬にして恋におちた。

熱情に不安と恐怖がまじり、絶えず緊張をはらんだ恋だった。鶴谷の稼業のせいだ。そのうえ、菜衣を稼業に巻き込んでしまった。

菜衣に自分の店を持ちたいと相談されたのが別れる決意のきっかけになった。

お互い己のステージでしか生きられないのなら、情は足枷《あしかせ》になる。

鶴谷はそう言って別れ話を切りだした。

菜衣は怒りもせず、怨み言も言わず、男の一方的な別れ話を受け容《い》れた。

その直後に、鶴谷は港区白金台のマンションの二部屋を購入し、真下の部屋を菜衣の名義にして住まわせた。

男女の仲は断ち切れても、盟友関係は絶てなかった。

その理由を斟酌すれば幾日も眠れなくなり、終《つい》には後悔の文字だけが残るだろう。

「なんの用や」

鶴谷は菜衣の表情をさぐりながら訊《き》いた。

この七年間で、自室で菜衣を見るのはきょうが三度目である。過去の二度は鶴谷が精神障害の発作をおこしたときに呼んだ。菜衣が勝手に入ってきたのは初めてになるが、鶴谷の留守を見計らって鯉と対面しているのは聞いている。

「さっき、警察の人が訪ねて来たの」

「……」

声がでなかった。

「警視庁捜査二課と組織犯罪対策四課の刑事よ」

「俺のことで来たんか」

菜衣が頷《うなず》いた。

「康ちゃんのお友だちの名も……」

菜衣が眉をひそめた。

鶴谷は立ちあがった。

鯉がおどろいたように胴をゆらした。

「続きは下で聞く」

言いおえる前に足が動き、ベランダに出た。

その端のプラスチックの蓋が開いており、スチールパイプの梯子《はしご》が見えた。

身勝手で女から離れられない男と、それを甘受する女の、縁をつなぐ梯子である。

菜衣が緑茶と和菓子を運んできた。

菊の花を模《かたど》った和菓子を食べ、香が立つ茶を口にふくむ。

「きのう、嬉野《うれしの》から届いたの」

菜衣は緑茶に目がなく、とくにここ数年は佐賀嬉野産を好んでいる。手揉《ても》みの、まるみのある茶葉は嚙《か》んでも渋味と甘味のバランスの良さがわかる。

鶴谷はテーブルの名刺を指さした。

警視庁刑事部捜査第二課　主任　持田幸治《もちだこうじ》、警視庁組織犯罪対策部組織犯罪対策第四課主任　森山憲吾《もりやまけんご》、とある。桜田門の主任なら警部補ということになる。

「主役はどっちや」

「康ちゃんのことを根掘り葉掘り訊いたのは持田のほう」

菜衣の声に不快の色がにじんだ。

「そうとう突っ込まれたようやな」

「たぶん、自分が集めた情報に確信が持てないのよ。そんな感じだった。だから、わたしから何かを引きだすような訊き方で、気が滅入りそうになった」

「神経を遣わせて、すまん」

菜衣が首をふった。

「俺らの仲をしつこく訊かれたんか」

「そう。遠慮の欠片《かけら》もなく……心の疵《きず》に塩を擦りつけられたわ」

菜衣が華奢《きゃしゃ》な肩をすぼめた。

悪戯《いたずら》っぽい仕種に見えた。すくなくとも哀しそうではなかった。

しかし、鶴谷の顔はゆがんだ。

三十三歳のとき、鶴谷は捌《さば》き屋としての活動の場を大阪から東京に移した。

捌き屋は企業間のトラブルを極秘裏に処理する稼業なので、警察と接することはまずない。依頼を請けて仕事をしているさなかに司法当局が捜査介入し、マスコミがトラブルを嗅《か》ぎつけるような事態になれば、捌き屋は企業からの信頼を喪《うしな》う。

失格の烙印を捺《お》され、以降、依頼は途絶える。

退《ひ》き時か。

ふいに、うかんだ。

菜衣がちいさな顔を近づけた。

「わたし、いやだからね」

「………」

意味はわかった。が、返す言葉が見あたらず、菜衣の目を見つめた。

澄んだ瞳に吸い込まれそうになる。

抱きしめたい。

これまで幾度、その衝動に駆られたことか。

鶴谷は視線をおとし、煙草を喫《す》いつけた。

菜衣がそっと茶碗にため息をこぼした。

そんな仕種の一つひとつに感情が反応するのはいつものことだ。

顔をあげ、紫煙を飛ばした。

「光義《みつよし》の名を口にしたのは四課の森山か」

菜衣が首をふる。

「持田よ。腕利きの捌き屋と評判の鶴谷だが、やつのうしろに一成会《いっせいかい》の白岩《しらいわ》光義が控えているのは先刻承知だ。企業が二人の仲を知ればどうなるか……言うまでもないだろうって……所詮は暴力団に護《まも》られての捌き屋稼業とも言ったわ」

白岩は竹馬の友である。

チンピラとの喧嘩で顔に深手を負った白岩は、苦慮の末に堅気の世界を離れ、極道渡世に飛び込んだ。二人が二十歳のことであった。

通りがかりに喧嘩の仲裁に入った一成会幹部の花房勝正《はなふさかつまさ》の若衆になり、いまは花房組の跡目を継ぎ、本家一成会の若頭補佐を務めている。

鶴谷が黙っていると、菜衣が話を続けた。

「そんなことは本人に話してくださいと……そしたら、持田はニッと笑って、やつに会うのは手錠を打つときだって……わたし、殴り飛ばしたくなった」

「今度来たら水をぶっかけたれ」

「そうする」

菜衣が目元に笑みを走らせた。

生臭い話をしているのに余裕がある。

菜衣は男前なのだ。胆力はそこいらの男どもが束になっても及ばない。

そうは思っても、鶴谷は心配になる。

「どんな仕事をしてるの。どうしてわたしをのけ者にするの」

菜衣のくちびるがとがった。

「してへん。仕事もしてへん」

うそではないが、事実はすこし異なる。

一週間前に、東証一部上場企業から仕事の依頼があった。いまはその依頼を請けるかどうか決断するための情報を集めているところだ。

「それならどうして警察が……」

鶴谷は手のひらで菜衣の言葉をさえぎった。

「これから調べる」

「隠してないよね」

「くどいわ」

鶴谷は乱暴に返した。

菜衣に協力してもらうのは依頼を請けたあとだ。請ける決断に至るまでは、盟友の菜衣であろうと、竹馬の友の白岩であろうと、相談しないと決めている。

「ねえ」

あまえ声になり、表情がやわらかくなった。

「海に連れて行って」

脈が乱れた。

胸のうちを読まれている。

決断が鈍ると海を見たくなる。どこでもいいから車を駆けたくなる。

菜衣はそのことを知っている。
知っていても、海に連れて行け、と言われたことはなかった。
「支度せえ」
「ほんとう」
語尾がはねた。
同時に、鶴谷の携帯電話が鳴った。
パネルの数字を見て、耳にあてた。
《おう、友よ。生きとるんか》
破声《われごえ》が鼓膜をふるわせた。
《返事をせんかい》
鶴谷は呆《あき》れて携帯電話を見た。
耳から離してもうるさい。
「どこや」
《麻布の事務所に着いたところや。すぐ来い。夜明けまで遊んだる》
鶴谷は肩をすぼめ、瞳を端に移した。
菜衣がそっぽをむいて茶を飲んでいる。

あざやかな赤のロングドレスの女が席に来た。ワンショルダーの付け根に咲く紫の花が肌の白さを際立たせている。

「おお、あこがれのレミや」

白岩がにんまりした。

古傷が開きそうだ。白岩の右頬には、耳朶《みみたぶ》の脇からくちびるの端にかけて、幅一センチの深い溝が走っている。

客を歓待するのが仕事のクラブホステスでさえ、初めて白岩の席に着いたときは顔を強張《こわば》らせ、かける言葉を失《な》くす。しかし、それはつかの間で、白岩とひと言二言交わせば恐怖心は跡形もなく消えてしまう。

銀座八丁目のクラブ・A《エー》に誘われたのは初めてで、白岩も三度目と言ったが、席にいる四人の女たちは一様にたのしそうだ。

「なに、それ」

白岩の左に寄り添う和服のマリが甲高《かんだか》い声を発した。

二十代半ばに見えるが、むずかしい藤色の着物を上手に着こなしている。

鶴谷は和装の女を見ると衿元に目が行き、詰め加減で気質を推察してしまう。マリはうなじを強調するかのように後衿をひろめに開け、前衿は隙《すき》なく、かといって窮屈に感じないくらいに合わせている。自意識が強く、己にきびしい気質のように感じた。

「わたしはどうなのよ。たったいままで口説いていたじゃない」

「それは礼儀や。となりに座ったオナゴはどなた様でも口説けと……親の遺言や」

白岩は、言いながらレミの手をとり、右どなりに座らせた。

「デートしよう。連れて行きたいところ、あるねん」

「どこですか」

レミが笑顔で応じた。

鶴谷は、プロの女の微笑に感じた。

白岩も感じたはずなのに、さらに相好《そうごう》を崩した。

「おまえにお似合いの、おしゃれな酒場や」

「わたしも行きたい」

マリが声を張った。

「おまえは墓場に連れて行ったる」

「うれしい」

マリが丸太のような腕にしがみつく。

「死ぬまで一緒ということね」

「ひとりで喋《しゃべ》っとれ」

テーブルの上に女たちの笑い声がひろがった。

鶴谷はマリの反応の良さに感心した。白岩と五分に渡り合える女はめずらしい。


銀座を離れ、タクシーで丸の内へむかった。

白岩が日付の替わらぬうちにクラブ遊びを切りあげるのもめずらしい。

その理由は察している。

丸の内国際ビルヂングの角で車を止めた。

「ここや」

一階のバカラショップはシャッターが下りている。

白岩は入口の脇のインターホンを押してから扉を開き、階段を下りる。

若いバーテンダーに迎えられた。

細長いフロアの奥で黒のシャンデリアが優美にきらめいている。

シャンデリアに近いカウンター席とベンチシートにカップルがいる。

「ここ、かまへんか」

白岩がガラス壁で仕切られた部屋を指さした。

ゆったり八人は座れる席だ。

「どうぞ」

バーテンダーが笑顔で応える。

鶴谷は、白岩に勧められて奥の席に座った。

「こんな上品な店が、ようおまえを入れてくれるな」

「梅田のＢｂａｒは常連になった」

白岩が澄まして言う。

「姐さんのお気に入りや」

鶴谷は頰を弛《ゆる》めた。

白岩の渡世の親、花房勝正の女房の愛子《あいこ》は気丈で粋な人で、面倒見がいい。鶴谷も大阪にいたころはずいぶんと世話になった。

「先代は、お元気か」

「ああ。がんのほうが音《ね》をあげそうや」

花房はこの二年間、がんと闘っている。大阪の病院では心臓に近い動脈に発症したがんの摘出手術は困難で、余命三か月と宣告されたが、花房夫妻は東京へ移り住み、中央区築地にある国立がん研究中央病院で放射線治療と抗がん剤治療を受けた。一年後の去年の夏に帰阪し、現在は三か月に一度の割で上京して治療を続けている。

「ごつい夫婦や」

「爪の垢でも煎じてのまんかい」

「ほんまやな」

本音がこぼれた。

白岩が顔を近づける。

「おまえ、大丈夫か」

「ん」

「銀座でもしけた面《つら》さらしてたわ」

そう言われると思っていた。

めずらしく決断が鈍っている。思案の最中に菜衣が来て、迷いがふくらんだ。

これまでの仕事では、菜衣にも白岩にも裏方に徹してもらい、二人の立場と身の安全を護ってきたが、今回はそう行きそうにない。仕事の依頼を請ける前から警察がしゃしゃり出てきて、菜衣に威《おど》し文句を垂れたのだ。

「言うてみい。かわいい友の泣き言、たっぷり聞いたる」

「たのしそうやな」

鶴谷が前のめりになったところへ、バーテンダーがあらわれた。

鶴谷の前に銀のコースター、白岩の前には赤のコースターが置かれた。鶴谷はスコッチの水割りを、白岩はマティーニを注文していた。

「おまえは死ぬまでめでたいのう」

鶴谷は白岩のグラスを見ながら茶化した。白岩は紅白が好きなのだ。赤い服を好み、事務所にはいつも白百合が活けてある。

「太陽のわいがおらんかったら、おまえはいまごろカビにまみれて腐っとる」

「そうやな」

あっさり認めた。抵抗する気にもなれない。

白岩がグラスを半分空け、真顔をつくった。

鶴谷は、ひさしぶりに素《す》の白岩を見た気分になった。

「相手はどこや。天下のトヨタか」

「もっと上……財界の妖怪どもの巣窟《そうくつ》や」

「わかった」

白岩がにんまりした。

「ＪＩＰＡ……日本産業プロジェクト協会やな」

鶴谷はおおきく頷いた。

さすがに関西きっての経済極道といわれるだけのことはある。それに、白岩は少年時代から文武両道で、大阪大学経済学部を卒業している。

社団法人のＪＩＰＡは日本の公共事業と総合開発を仕切る総元締め的な組織で、過去にＪＩＰＡの意向を無視した国家事業は皆無に等しい。

現在の執行部は、理事長に日本製鋼会長の吉原道夫《よしわらみちお》、副理事長に元国交省審議官の中西章《なかにしあきら》、筆頭理事に山菱《やまびし》不動産専務の津島忠成《つしまただなり》、ほか十一名の理事と専務理事で構成されている。理事はいずれも一流企業の役員で、実務担当の専務理事は元経産省事務次官の石崎達治《いしざきたつじ》が就き、彼が政官財のパイプ役になっている。

「で、依頼主はどこの企業や。日本財界の総本山を相手に喧嘩するのやさかい、アメリカか中国の企業やな」

「東和《とうわ》地所や」

鶴谷はためらいもなく言った。

「なんやと」

白岩が語尾をはね、目の玉をひんむいた。

「どういうことや。東和地所はＪＩＰＡ創設以来、役員が理事を務めてるやないか」

「それどころか、四年前まではＪＩＰＡを差配していた」

「おお」

白岩がさらに目を見開いた。

「中村八念《なかむらはちねん》やったか……ＪＩＰＡ本部で元警察官に射殺された」

「時の政府と警察組織、それに財界の圧力があって事件の真相は闇に葬られた。以降、ＪＩＰＡでの東和地所の影響力は著しく低下し、代わって、東和地所のライバルの山菱不動産が幅を利かせるようになった」

「つまり、東和の敵は山菱というわけか」

「当面の敵というだけで、根はそうとう深そうや」

「面倒のタネは」

「築地市場跡地の再開発」

「ほう。ごつい利権や」

築地中央市場の面積は約二十四ヘクタール、東京ドームの五個分あり、地価は一兆四、五千億円ともいわれている。

築地市場の移転はバブル崩壊後にＪＩＰＡが主導した臨海都市総合開発構想の目玉事業と

して据えられ、一九九九年に東京都知事に就任した石橋太郎《いしばしたろう》が都の財政再建を名分に築地市場の豊洲移転を公言した。

東京都は一千三百億円で移転予定先の東京ガス跡地を購入した。そこの土壌汚染があきらかになったときはすでに豊洲周辺のインフラ整備はほぼ完了し、新市場予定地周辺の開発、築地市場周辺の整備も同時進行していた。

都やＪＩＰＡ、先行投資を行なってきた企業にとっても、築地市場の豊洲移転と築地市場跡地の再開発は、全都民が、いや全国民が反対しようとも退くに退けない、東京都心では最大にして最後のプロジェクトなのだ。

「敵も利権もでかすぎてびびっとるわけか」

「あほぬかせ」

声がとがった。

「誰が相手やろうと、依頼主の言い分に筋が通ってたら請ける」

「その割には表情が冴えんのう」

白岩の声音が固くなった。表情も引き締まった。

その顔を見て、鶴谷はためらいを捨てた。

しかし、話せないこともある。菜衣のことだ。菜衣は白岩の名と素性を知っているが、白岩は菜衣の存在さえ知らない。熱愛中も白岩には話さなかった。白岩は大阪に住む鶴谷の前妻とひとり娘と親交を続けている。菜衣のことを話しても怒りはしないだろうが、気遣いを増やしたくなかった。

鶴谷はバーテンダーを呼んで間を空けた。

スコッチのオンザロックが二つ運ばれてきた。

二人して、仕切り直しのようにグラスをあおった。

鶴谷は息を飛ばしてから白岩を見据えた。

「警察が動いてる」

「……」

「警視庁の捜査二課と組織犯罪対策四課が俺の周辺をさぐってる」

「それだけやないやろ」

白岩の声には凄みがあった。

威されるまでもない。ついさっき菜衣のこと以外はすべて話すと決めた。

「俺とおまえの仲も把握しとって……所詮は暴力団に護られての捌き屋稼業と、俺の身近なやつにほざいたそうな」

白岩が腕を組み、ややあって口をひらいた。

「おまえにはぶつかってないのやな」

「俺に会うのは手錠を打つときらしい」

「警察がちょっかいだしてきたんは初めてか」

「ああ」

「わかった」

　白岩が腕を解き、グラスをあおった。

「しばしのお別れや。きょうは酔い潰れたる」

「………」

「で、依頼の返答はいつや」

「四日後の九月九日」

「ようできとる。オリンピック開催地決定の二日後や。東京開催が決まれば築地市場の豊洲移転は加速する」

「そういうことや。それを東和地所が望んでるかどうかはわからんけどな」

「決めたら連絡せえ」

「ああ」

「胆斗《たんと》の如《ごと》し」

白岩が独り言のように言った。

「なんや、それ」

「先だって、姐さんに頂戴《ちょうだい》した言葉や」

「意味は」

「男の勝負は胆の大小で決まる。斗は一斗入りの枡《ます》のことで、それくらいのおおきい胆を持てと、姐さんに叱咤《しった》された」

「おまえも悩みをかかえて姐さんに相談したんか」

「図星や」

白岩がにんまりした。

花房組は末端まで数えて二千余名の大所帯である。それを束ねるだけでも苦労なのに、白岩は本家一成会のてっぺんをめざしている。先代の花房が本家のてっぺん獲《ど》りにしくじったあと、反主流派の面々は白岩に重い命題を背負わせているという。

「人間は知恵と感情があるさかい悩んであたりまえやと……けど、それをいつまでも引き摺《ず》るのは胆が据わってないからやとも言われた」

「で、斗の如く胆を鍛えろと」

「そういうことや」

「けど、俺は胆を鍛えるために稼業をやってるわけやない」

白岩が両肘《ひじ》をテーブルについた。

「つまらん男になったのう」

「なんやて」

眦《まなじり》がつりあがった。

「連戦連勝の捌き屋……そんな評価にしがみついてるんか」

「どつくぞ」

「やってみい」

白岩がさらに顔を突きだした。

頬の古傷がおおきくなったように見える。

それで感情が凪《な》いだ。

白岩の顔の傷は鶴谷の心の疵でもある。

あれはひどく暑い夏の日のことだった。

鶴谷は、白岩との約束の時間に遅れた。わずか五分だったが、鶴谷が待ち合わせの場所に着いたときはすでに、白岩は顔面血だらけでチンピラ三人と格闘していた。

自分が遅刻しなければ、白岩は深手を負わなかった。

頬に傷を負わなければ極道にはならなかった。

その思いをずっと引き摺っている。

「ふん」

鶴谷は顎《あご》をしゃくった。

同時に、いらっしゃいませ、の声がした。

銀座のマリがあらわれた。

いつの間にか、二組の客は去っていた。

午前一時になろうとしている。

白岩のとなりに座って三分と経《た》たないうちにマリの目がしょぼくれだした。

白岩が声をかける。

「どないした」

「お相撲さんとイッキをやって……シャンパン五本は呑んだかも」

「ようここまで来れたのう」

「閻魔《えんま》さんのそばで寝たかった」

言うなりマリの身体《からだ》が傾き、顔半分が白岩の腕に隠れた。

すぐに寝息が聞えだした。

それもおまえの胆か。

鶴谷は言いかけてやめ、ほほえんだ。

白岩が照れるように口元をゆがめた。

頬の古傷が撓《たわ》んだ。


一八〇センチ、八五キロの身体が倍ほどにも感じられる。神経ばかりか、筋肉質の肉体まで弛んでしまったようだ。

昨夜は、三十分でめざめたマリを連れ、鶴谷と六本木で呑んだ。外に出たときは青空だった。マリを三田のマンションまで送り、麻布の有栖川宮《ありすがわのみや》公園の近くにある自宅に帰ると、着替えもせずベッドに倒れ込んだ。

それでも寝つけなかったのは鶴谷とのやりとりが頭にへばりついていたからだ。

寝るのを諦めてシャワーを浴び、電話をかけた。

その相手が目の前にいる。優信《ゆうしん》調査事務所の所長、木村直人《きむらなおと》である。

「どこか、木陰を見つけて停めてくれ」

大型ミニバンのアルファードの車中にいる。車は広尾の交差点で白岩を乗せたあと、仙台坂から麻布十番を経て、青山方面へむかっている。

「あの人と呑んだのですか」

「ああ」

白岩と話すとき、木村はいつも鶴谷をあの人と言う。

鶴谷にとって木村は情報収集の面で欠かせない存在である。経済界の裏舞台で暗躍する捌き屋の生命線は情報で、企業の疵から個人の弱点まで、あらゆる情報を武器に、相手との交渉に臨む。木村はかつて警視庁公安部に所属していて、優信調査事務所には警視庁の各部署にいた元警察官、経済や金融のプロフェッショナルが揃《そろ》っているという。

白岩は、鶴谷から木村との縁を聞いていたが、三年前まで会ったことがなかった。鶴谷の稼業でつながる連中とは一線を画していたからである。

しかし、興味はあった。その興味が、白岩が東京でおこした面倒事でふくらみ、自分から連絡をとった。以降、鶴谷には内緒で、面倒がおきるたび世話になっている。

木村が運転手に声をかけたあと、紙コップにアイスコーヒーを注いだ。

「ミルクをたっぷり頼む」

白岩は言い、太い首をぐるりとまわした。

オプション仕様の後部座席には細長いテーブルをはさんで五人が座れる。その後方には仕事に必要な機材が整然と配され、小型冷蔵庫やコーヒーメーカーなどもある。

アイスコーヒーを飲み、煙草を喫いつけた。

空気清浄機が唸《うな》りをあげる。

煙が舌にざらついた。それを茶色の液体でごまかす。いかにも身体に悪い。

木村が真顔を見せた。

「ご用件を承ります」

「かしこまるほどの用やない」

「では……」

ほんの一瞬だが、木村の表情が翳《かげ》った。

白岩は見逃さない。

「やつの仕事をしてるようやな」

「はい」

木村が即答した。ためらいの気配は消えた。

「鶴谷を、頼む」

白岩は、頭をさげる代わりに、まばたきした。

木村が目を白黒させた。

「わいは、やつの稼業への協力は惜しまんが、やつと、やつの仕事仲間との間には入らんことにしとる。わいとおまえの縁もやつは知らん」

「承知しています」

白岩は口をまるめて紫煙を飛ばした。

「きょうは調べてほしいことがあっておまえを呼んだ」

「なんなりと」

木村が背筋を伸ばした。

「警視庁の動きをさぐってくれ」

「部署は」

「二課と四課や」

警視庁の捜査四課はなくなり、組織犯罪対策四課が暴力団を担当することになった。それでも、関係者であれば四課で通じる。

「理由を教えていただけませんか」

「その前に訊く。やつが捌く相手……知っとるんか」

「はい」

「やつの感触はどうや。依頼を請けそうか」

「おそらく」

白岩は頷いた。

胸の疑念は確信に変わった。

東和地所の中村八念が射殺された背景に警察組織の思惑があったと聞いている。

警視庁は築地中央市場の豊洲移転と跡地再開発の巨大利権を視野に中村に接近した。中村も当初は警察との連携に積極的だったが、警察のなりふり構わないやり方に嫌悪し、両者の関係は悪化したという。

「当然、四年前の事件は調べてるわな」

「東和地所の専務で、ＪＩＰＡ筆頭理事だった中村が殺された件ですね」

「ああ。いまＪＩＰＡと警察との仲はどうなってる」

「あの件があったので、警視庁は露骨な行動は控えているようですが、ＪＩＰＡとの縁はしつかりつないでいるようです」

「当時は日本製鋼と東和地所に食いついたようやが、いまはどこや」

「正確には摑《つか》めていませんが、山菱不動産かと……」

木村が声を切り、眉根を寄せた。

「申し訳ありません。これ以上の話は……」

「わかっとる」

白岩は語気鋭くさえぎった。

言われるまでもない。鶴谷に報告する情報を知りたいわけではないのだ。

「二課と四課が鶴谷に目をつけた。やつの周辺の者に接触したという情報もある」

「二課と四課は確かなのですね」

「鶴谷は名刺を見たそうな」

「名はわかりますか」

白岩は顔を左右にふった。

「どうしてお訊《たず》ねにならなかったのですか」

「言うと思うんか。この話……わいがおまえに会《お》うたのも内緒やが、かりにおまえが訊いても、やつは言わん」

木村が何度も頷いた。

「あの人は、警察が動いていることさえ自分には話さないでしょう。咽《のど》から手がでるほどほしい情報でも、自分の立場を気遣って指示をださないと思います」

「わいもそう思うさかい、こうして……わいが頼んどる」

「四課も動いているのに、的はあの人ひとりと決めつけておられるのですか」

「東京の四課はわいに興味ない。大阪ならわいは極上の鯛やが、東京では小海老《こえび》や」

木村が頬を弛めた。

「とんでもない小海老……あなたを餌に釣られようとしているあの人は、それこそ極上の真鯛ですね」

「黒鯛《チヌ》にしてやれ。格は真鯛やが、黒鯛のほうが賢い」

「ほんとうに、あなた方がうらやましい」

きょう初めて、木村の眼光がやわらかくなった。

だが、それもつかの間だった。

「確認しますが、あなたは、あの人の今回の仕事に絡んで警察が動きだしたと読んでおられるのですね」

「動いてへんな」

「えっ」

「連中は顔をさらしてるさかい、内偵捜査でもない」

「つまり、あの人への牽制ですか」

「牽制、警告……警察組織がどれくらい敏感になっているかにもよるが、鶴谷の介入を恐れとるのなら、わいとやつの関係をばらして依頼主を威すかもしれん」

「それはないでしょう」

木村がきっぱりと言った。

「なんでや」

「依頼主は本気です。本気で本丸と喧嘩する……だから、あの人なのです。たとえ警察組織が圧力をかけようと、はねつけると思います。それ以前に、警察権力といえども、罪を犯していない企業に理不尽な圧力をかけられるはずがありません」

「なるほどな」

白岩は、ひと呼吸を空けて口をひらいた。

「おまえは、どうや」

「それが、きょうの本筋ですか」

にわかに木村の目が熱を帯びた。

白岩は余裕で受け止めた。

「鋭いのう」

「お二人に鍛えられました」

「おまえと鶴谷の関係……警察は摑んでるんか」

「どうでしょう」

「余裕やな」

「余裕などありません。摑んでいないと言いたいところですが、明言はできません。自分は……というより、優信調査事務所そのものが警察組織と友好な関係にあるのですが、一方で、警察は組織を護るためには何でもやります」

「場合によっては、おまえを切り捨て、事務所を潰す……そういうことか」

「否定しません」

「おまえに圧力がかかったときは……」

木村が手のひらでさえぎった。

「仮定の話はご容赦ください」

「そうはいかんねん」

白岩はテーブルに片肘をついた。

「そのときは、手を退け」

「お言葉は胸に留めておきます」

「………」

白岩は凄むように睨《ね》めつけた。

木村の瞳はぶれなかった。

鶴谷のためや、おまえのためや。

その言葉を口にするのは諦めた。

鶴谷が信頼を寄せる男だ。決断に迷わないだろう。

そう思うしかなかった。

目を閉じて、ゆっくり首をまわした。

いつの間にか、弛んでいた筋肉が強張っていた。


冷ました出汁《だし》で小麦粉を溶き、刻みキャベツを絡ませる。具には豚バラと烏賊《いか》、小海老を使い、こんがり焼けた表面にドロソースを刷き、削り節をおとした。

――男は家の台所に立つな。けど、料理のひとつくらいは覚えておけ――

姐の愛子にそう言われ、教わったのがお好み焼きである。もっとも、部屋住みの若衆のころは毎日包丁を手にし、賄《まかな》い料理をつくった。自慢できる腕前ではないけれど、人に食べてもらえる程度の味付けはできる。

しかし、愛子直伝《じきでん》のお好み焼きはこれまで誰にも食べさせていなかった。

白岩の命令どおりにテーブルで待っていた三人がお好み焼きを見つめる。

中央に座る佐野裕輔《きのゆうすけ》のくちびるがふるえ、目がうるんだ。両脇の古川真吾《ふるかわしんご》と竹内修《たけうちおさむ》は地蔵のように固まって、拳《こぶし》を握り締めている。

「どつくぞ。はよう食わんかい」

白岩はわざと怒鳴りつけた。

佐野が箸を持ち、古川と竹内が続いた。

「いただきます」

三人の声がうわずった。

白岩は、ビールを呑みながら、三人の食いっぷりを眺めた。

皆が無言で食べている。火傷《やけど》しそうに熱いはずなのにグラスに手を伸ばさない。

「ごちそうさまでした」

真先に佐野が声を発し、頭をさげた。

古川と竹内もそれに倣《なら》った。

「片づけい」

白岩のひと声に竹内が立ち、テーブルをきれいにする。

「一生ものの恩義を頂戴しました」

佐野が真顔で言った。

「姐さん直伝や。花房組のお好み焼き、おまえが継ぐか」

「精進します」

「せんでええ。けど、姐さんの味は忘れるな」

「はい」

佐野は花房組東京支部の支部長である。三十二歳の佐野と二十九歳の古川、竹内の三人が常駐しているけれど、彼らにしのぎは持たせていない。看板を護るのが彼らの務めで、事務所の維持費と三人の生活費は大阪の花房組本部の金庫から捻出している。それが負い目なのか、三人は身体を鍛えるためと称し、工事現場で汗を流しているという。

白岩はグラスを空けて、三人を見つめた。

「おまえらに言うておくことがある」

三人がかしこまった。

「東京で面倒をおこすな」

「はい。けど、それは前から言われていることで、肝に銘じております」

「些細なこともや。立小便も路上での煙草もあかん」

佐野が目をぱちくりさせ、ややあって口をひらいた。

「なにかあったのですか」

「ない。なにもないが、命令は守れ」

「わかりました」

「わいはしばらく東京に来ん。おまえらが命令を守る自信がないんなら連れて帰る」

「ご心配には及びません。けど……」

佐野が心配そうな顔を見せた。

「いったい、どうされたのですか。東京で面倒でも……」

「くどいわ」

白岩は一喝し、腰をあげた。

東京支部の通路向かいに自室がある。

「わいは寝る。六時に起こせ。今夜は皆で六本木にでかける」

古川と竹内の顔がほころんだ。

佐野は心配面を崩さなかった。


東洋新聞社の加倉竜二《かくらりゅうじ》は約束の時刻に一時間遅れて訪ねてきた。

顔が赤らんでいるのは食事をしながら取材していたせいだろう。

ひと言の詫びを受け容れ、鶴谷はリビングのソファに座らせた。

顔は赤くとも、どんぐり眼《まなこ》はきらきら輝いている。

鶴谷は、用意していたスコッチのボトルを手にとり、水割りをつくった。

昨夜は何時に帰宅し、どうやってベッドにたどりついたか覚えていないほど呑んだが、不快なめざめではなかった。白岩と遊んだときはいつもそうだ。鶴谷が決断に迷っているときは必ずといえるほど白岩から連絡があり、頭と胸の掃除をしてくれる。

死ぬまで切れない縁とは偶然も必然に変えてしまうのだろう。

そんなふうに思う自分がいる。

加倉が格子柄のブレザーを脱ぎ、ベルトの穴をひとつ弛めた。

鶴谷は心配になった。

加倉は三か月前の六月、急性心筋梗塞で倒れた。国会議事堂で取材しているさなかだったのがさいわいし、緊急手術を受け後遺症は残らなかった。

煙草はやめたが、酒は毎日のように呑んでいるらしい。

鶴谷は、加倉の身を案じても、それを言葉にしたことはない。

情を言葉や態度で表せば距離感がずれる。ずれれば仕事に影響する。

そう己に言い聞かせ、捌き屋稼業を続けている。

加倉の顔を見るのは、緊急手術直後以来、きょうが二度目である。

鶴谷はグラス片手に声をかけた。

「太ったか」

「ことしの夏はやたら暑くて、ビールを呑みすぎました」

「食欲は」

「旺盛です。身体はこのとおりピンピンなので、ご心配なく」

「心配してへん」

そっけなく返し、グラスをあおった。

胃がおどろいたように感じ、それで昨夜の酒が残っていることに気づいた。

「報告を聞く。都議会はどうや」

「去年の末に川瀬隆三《かわせりゅうぞう》が第十八代東京都知事になって以降、ことしの二月から三月、六月から七月と、二度の本会議定例会が開催されました。川瀬は二月の定例会で、豊洲の土壌汚染対策に万全を期するため、豊洲の市場開場を一年延期し、二〇一五年開場をめざすと発言しました。そのときも、六月の定例会でも、豊洲の土壌汚染対策で質疑応答がありましたが、築地跡地に関するそれはありませんでした」

「川瀬は前知事の石橋太郎の政策を引き継ぐと思うか」

「後継指名を受けたのだから、表向きはそうするでしょう。しかし、これから先はどうなるか……総理がその最たるものですが、政治家は行政のトップに立ったとたん、独自色をだそうとするのが常です。まして、川瀬は、歳《とし》をかさねるごとに主義主張が変わり、口さがない連中から風見鶏と揶揄《やゆ》されています」

「具体的にはどうや。築地跡地問題で気になる発言はないか」

「あした……オリンピック開催地が決定すれば、独自の方向性を示すかもしれません」

「東京に決まれば加速させようとする程度やろ。石橋は二〇一六年に東京でオリンピックが開催されれば、築地跡地が有効活用されると公言したが、あのときとは状況が異なる。市場の豊洲移転は決定事項で、築地跡地の再開発も青写真が完成しとる」

「そのことですが、経済部の連中によると、ＪＩＰＡが再開発を差配することだけが決定事項で、青写真は複数あり、ＪＩＰＡの内部でも有力企業による陣取り合戦、利権争奪戦が行なわれているようだとか」

「ほう」

興味がふくらみかけたが、推測の話には乗らない。

捌き屋が交渉で使うのは事実のみである。

それに、予断は決断を誤らせるリスクを負う。

鶴谷は質問を変えた。

「築地市場のなかはどうなってる」

「水産卸業者の団体は移転賛成派と反対派に分れていますが、青果など、ほかの六団体は移転に賛成なので、水産卸業者の反対派も豊洲移転は避けられないと捉《とら》えているらしく、両面作戦を展開しはじめました」

「次善の策の中身は」

「都は場外市場商店街をどうするかで頭を悩ませていますが、反対派は場外市場の人たちと連携し、業務筋向けの鮮魚市場を設立しようと考えているようです」

「川瀬の暴言を容認することになりはせんか」

「プロの料理人も魚はスーパーマーケットで買え……ですか」

「知性もセンスもないおっさんや」

加倉が頰を弛めた。笑うと満月になる。

「中央区が都への要望書に添付した築地市場跡地のイメージ図は見ましたか」

「ああ」

小学生でも描けるような図面で、中身がないことこの上ない。跡地を仕切って、オフィス、ホテル、住宅などの文字が書かれていた。場外市場商店街に隣接して鮮魚マーケットとあるのは移転反対派の意見に配慮してのことだろう。

鶴谷は話を先に進めた。

「永田町の動きは」

「民和党は、政権を奪還する前から一貫して豊洲移転に賛成です。ただ東京都選出の民和党議員は選挙への影響を恐れて賛成派と反対派の両方に顔をむけていたのですが、昨年末の衆院選と先の参院選の結果に意を強くしたのか、移転推進に舵を切りました」

「乗り遅れれば利権のおこぼれに与《あずか》れんからやな」

「身も蓋もない……利権がなければ、捌き屋稼業も成り立たないでしょう」

加倉はずけずけとものを言う。

鶴谷は苦笑するしかなかった。

意に介さぬ顔で加倉が話を続ける。

「なかでも精力的に活動を始めたのが中央区を選挙地盤に持つ中山勤《なかやまつとむ》衆院議員で、民和党議員を中心に『築地の未来を考える会』を立ちあげる予定です」

「どれくらいの規模になる」

「東京都選出の民和党議員の全員と、経産省、国交省、警察庁の族議員が参加し、JIPAと縁の深い有識者ら加えると八十名を超える大所帯になる模様です」

「………」

鶴谷は押し黙った。警察族議員が神経にふれたからだ。

加倉がさぐるようなまなざしを見せた。

「四年前の事件はご存知ですね」

「東和地所の専務、中村八念が元警察官に殺された件か」

「あのとき、きびしい報道規制が敷かれ……官邸からの圧力でしたが、それに反発して記事にしようとした新聞記者の三名が地方支局に飛ばされ、執拗に事件の背景をさぐっていたフリーのライターが淫行条例違反で逮捕されました。ライターは公安部の捜査員に現行犯逮捕されたので、警察のやらせではないかとのうわさがひろがったものです」

「罰金刑か」

「それが……」

加倉が眉をひそめた。

「本人が強硬に否認したため、起訴され、一年の実刑判決が言い渡されました」

「一年……都条例では目いっぱいか」

「はい。その効果なのか、同様の取材をしていた者たちが諦めたとも聞きました」

「で、真相は闇のなか……」

加倉が顔を近づけた。

「気になりますか」

「ん」

「中村八念の事件……もしくは、警察の動きが」

「邪推や」

鶴谷は吐き捨てるように言った。

「いつも言うてるやろ。俺の胸のうちをさぐるな」

「では、報告をおわります」

加倉が勿体つけるようにグラスを傾けてから、視線を戻した。

「依頼を請けられるのですか」

「依頼者に瑕疵《かし》がなければそうなる」

「請けるまでは依頼主の正体も依頼の内容も秘密ですか」

「あたりまえのことを、なんで訊く」

「的を絞って、情報の収集を急ぎ、質も量も高めたいからです」

「依頼を請けたあとも、おまえを使うとはかぎらん」

本音だった。

依頼を請けるか否かの決断のための情報収集の段階でさえ、病みあがりの加倉を使うことにはためらいがあった。

だがしかし、捌き屋の鶴谷にとって、加倉は余人をもって替えがたき男である。迷いながらも加倉を使ったのは己の甘さの証《あかし》でもある。

　加倉が前のめりになった。視線を逸らしたくなるほど瞳がきらめいている。

「教えてください」

「ええやろ」

　きのう白岩に話したことで、これまでの自分への規律は破っている。

「依頼主は東和地所。相手は山菱不動産や」

　加倉が目を見張った。

「ＪＩＰＡ内での約束違反があったらしいが、依頼の詳細は聞いてへん」

「なんとなく、わかる気がします」

「……」

　鶴谷は、いつもは嫌う推察を咎《とが》めなかった。

　加倉が続ける。

「ＪＩＰＡの主導権は、代々、筆頭理事が掌握してきたと聞いています。ＪＩＰＡがぶちあげた築地市場移転と跡地再開発の構想は、石橋太郎が知事に就任して現実味を帯び、反対運動がおきても、計画は着々と推し進められてきた。その陣頭指揮を執ったのは東和地所専務で、ＪＩＰＡ筆頭理事の中村八念でした。当時の理事長で、中村射殺事件で引責辞任した日本製鋼の土屋《つちや》明弘《あきひろ》会長と二人三脚だったという説もありますが、経済記者の大半は中村の独擅場と思っていました。あの事件がおきて、東和地所は筆頭理事の座を明け渡すことになり、後釜に山菱不動産の津島専務が就いた。山菱が東和の描いた絵図を塗り替えようとして、何の不思議もありません」

加倉は立て板に水の如く喋った。

「その口ぶりやと、端《はな》からそこに目をつけていたようやな」

「ご明察です」

加倉が自慢げに肩をゆすった。

「すでに信頼する記者仲間にＪＩＰＡの内部情報を集めてもらっています」

「あかん」

鶴谷は語気を強めた。

警察が菜衣の家を訪ね、白岩の名を口にした以上、連中は鶴谷と加倉の関係も把握していると考えるべきである。加倉が警察の監視対象者になっていようがいまいが、仕事は少人数であたるに越したことはない。

「依頼を請けたあとは、記者仲間の誰にも東和と山菱の関係者に接触させるな」

「わかりました」

加倉があっさり従った。

だが、鵜呑《うの》みにはできない。加倉は己にも他人にも妥協しない気質なので、中途半端な仕事を嫌う。信頼する仲間への配慮もあるだろう。

「あなたの仕事を手伝うようになって七年……最大の難敵になりそうですね」

「手を退いてもええぞ」

「とんでもない。心臓を鍛え直すにはまたとない機会です」

「あほか」

あほは自分だ。仲間がいてこその一匹狼なのは自覚している。


加倉を帰し、サンルームに入った。

鯉がゆっくりと周遊していた。

動くのを見るのはひさしぶりだった。

ときおり、急上昇して口をパクパクさせる。

「おまえも落ち着かんのか」

声にした。

水槽の端で、ポンプから出る無数の泡が虹色にきらめいている。

それをまぶしく感じる。

神経が昂《たか》ぶっているのだろう。

仕事を完遂して、依頼主の期待に応えられるか。

そんなことに頓着しているわけではなかった。

結果責任はひとりで負う。

完遂すれば己の功績となり、しくじれば捌き屋稼業を畳む。

単純明快なことである。

それとは切り離し、仲間へは感謝と信頼とカネで応える。

これまでずっとそうしてきた。

だが、今回はごちゃ混ぜになりそうな気がする。

菜衣と白岩は警察に威された。加倉は心臓に爆弾をかかえている。優信調査事務所の木村は警察とのしがらみがある。

手枷足枷どころか、身体のあちこちの自由を奪われたような気分だ。

スコッチのオンザロックを呑み、煙草をくゆらせた。

あと数分で九月七日になる。二〇二〇年のオリンピック、パラリンピックの開催地が決定する日である。

そのあと、ＪＩＰＡと東京都は、ひとつの方向へひた走るだろう。

紫煙が撓みながら横に流れる。

それを目で追っているとき、携帯電話が鳴った。

《わいや》

白岩の声は低かった。

「どこや」

《本部の事務所におる》

「親分みずから当番か」

《しばらくそうするつもりや》

「はあ」

間のぬけた声になった。だが、つぎの瞬間、神経がざわついた。

「そっちで面倒をかかえてるんか」

《面倒は年がら年中や。平和に生きる極道など様にならん》

「言うてみい。組内のことか、それとも一成会本家で内紛がおきたか」

《ほんまに心配性やのう。おまえは己の稼業に没頭せえ。で、しこたま儲けたゼニは、わいがきれいに使うたる》

「頼む」

《……》

沈黙のあと、高笑いが聞えた。

鶴谷はつられることなく、鯉を眺めながら言葉をたした。

「動けば、ゼニを使えんようになるぞ」

《わかっとる。わいには顔も名前も覚えきれんほどの身内がおる。今回ばかりは、おまえが泣いて頼もうが、わいは関知せん》

「その言葉、忘れるなよ」

《おう。ところで、康代《やすよ》ちゃんとは連絡とってるんか》

「ああ」

ひとり娘の康代からは月に一回の割でメールが届く。短い文面の近況報告で、たまに写真が添付されている。その返信はするが、自分からメールを送ることはない。

康代が生まれて三か月で離婚した。十九年前のことで、康代が初めてメールをよこした四年前までは音信不通だった。白岩の気遣いによって娘の声を聞き、東京で二度、顔を見ることができた。康代の母親は旧姓に戻さず、亡くなった両親の家業を継ぎ、花房組本部事務所の近くで蕎麦《そば》屋を営んでいる。

《彼氏ができたんは知ってるか》
「知らん」
《学生やが、見処《みどころ》のあるやつや》
「見たんか」
《康代ちゃんに紹介された。常々、彼氏ができたらわいの前に連れて来いと言うてたさかい、康代ちゃんはそれを守ったんや》
「あほな子や。極道に会わせてどうするねん」
《あほはおまえや。極道やろうと、おまわりさんやろうと、好きなオナゴのためなら真っ直ぐに顔を合わせるのが男やないか》
「はいはい。で、それが見処か」
《ほかにもある。まず、わいの後輩や。学部は法学部やけど、国家試験を受けて、霞が関の住人になるとぬかした。第一志望は警察庁やと》
「……………」
呆れてものが言えなかった。ややあって、腹が捩《よじ》れだした。
笑いが弾《はじ》ける前に白岩の声が届いた。
《切るぞ》

鶴谷は糸を引くような電子音をしばらく聞いていた。

ガラス壁が陽光をはね返している。

一階と二階の間にある株式会社東和地所の金文字が安っぽく見える。

正面玄関の受付で名を告げた。

制服の女が訪問先に確認もせずに立ちあがり、エレベータに案内した。

三十三階の応接室に入るのは、一週間ぶり、二度目である。

三十平米ほどの部屋の中央にローズウッドのテーブルと黒革のソファがある。

左手に二人、下座にひとりの男がいる。前回とおなじ顔ぶれだった。

鶴谷は、右手のソファの、東和地所専務の杉江恭一《すぎえきょういち》の前に腰をおろした。

黒地に青のストライプの入ったスーツの釦《ボタン》をはずした。着慣れないスーツは窮屈だが、ピンホールカラーに巻くスリムタイを弛めるのは面倒だ。

杉江は中肉中背で顔はちいさいが、確かな存在感がある。風貌も身なりも居住まいも、さりげなく個を主張している。四年前に五十一歳で常務に就き、ことし専務に昇格した。東和地所では最も若くして常務になったという。

「いいお返事をいただけそうですね」

杉江が鶴谷の脇のデイパックをちらっと見て言った。

やわらかなもの言いは前回とおなじである。

どうやら杉江は、鶴谷に関する細かな情報も入手しているようだ。

杉江のとなりにかしこまる経営戦略室の緑川《みどりかわ》室長も、一人掛けのソファに浅く腰かける総務部の大塚《おおつか》部長も、顔に安堵《あんど》の表情をうかべた。

鶴谷は静かに杉江を見つめた。

「トラブルに至る経緯を話してくれ」

誰が相手であれ、おなじような口を利く。相手が顔をしかめようと、嫌悪を表そうと、生成りで接する。むりをすればそこに隙が生じ、自分がつらくなる。たかが捌き屋。お里は知れている。態度や言葉遣いを使い分けようと別人になるわけではないのだ。

杉江がおだやかな表情のまま口をひらいた。

「築地市場の移転は、ＪＩＰＡの臨海都市総合開発構想の目玉事業として、我が社が先頭に立って推進し、元専務の中村さんはＪＩＰＡと我が社に多大な実績を残された。中村さんが凶弾に倒れたときはすでに、築地市場の豊洲移転計画は着実に進行し、築地跡地の再開発計画は緻密な青写真が完成していたのです」

「跡地の陣取り合戦は完了していた……そういう意味か」

「簡単に言えばそうなります」

杉江が苦笑を洩《も》らした。

「再開発の完成図を基に、ホテル企業、国内外のブランド店、銀行、マスメディアなど、あらゆる業界の一流企業への誘致も怠りなく、あとは市場の豊洲移転が実行されるのを待つだけの状態になっていました。ところが、二〇〇九年にオリンピックの東京招致に失敗したころからＪＩＰＡ内部の空気が怪しくなり、豊洲の土壌汚染、東日本大震災による液状化現象等の問題が発生し、青写真を見直す動きがでてきたのです」

「中村さんを喪ったことが影響したのか」

「悔しいが、認めざるを得ません」

「見直し派の急先鋒が山菱不動産やな」

「はい。専務で、ＪＩＰＡの筆頭理事を兼務する津島さんが陣頭指揮を執っています」

「ＪＩＰＡの筆頭理事は、既存の計画を変更できるほど権力を持てるのか」

「その人物の力量と、出身企業の力加減にもよりますが、津島さんは不動産業界で中村さんに匹敵するやり手と評されており、ＪＩＰＡでの執務に専念するため山菱不動産の社長の座を腹心に譲ったとも言われています」

「計画はどれくらいの規模で変更になる」

「それが……詳細を把握できていないのです」

杉江の声に苛立《いらだ》ちがまじった。

「つまり、東和地所は蚊帳《かや》の外に置かれてる」

「それも認めます」

「JIPAの理事長は日本製鋼の会長やないか。日本製鋼は東和地所と強力に連携して臨海都市総合開発を……日本の大規模な公共事業を牛耳《ぎゅうじ》ってきたはずや。どんなに津島が策略を練ろうと、理事長の意向は無視できんやろ」

「それが……」

杉江が語尾を沈めたあと、思い直したように話しだした。

「中村さんと前理事長の土屋さんは昵懇《じっこん》の間柄でしたが、後任の吉原さんは土屋さんと折り合いが悪かったようで、理事長に就くや、我が社とは距離を空け、津島さんの意見を重用するようになりました」

「JIPAはすべての事案を理事会に諮《はか》り、多数決で決定すると聞いた。現在の、勢力構図はどうなっている」

「理事会を構成するのは理事長と副理事長、十二名の理事と専務理事の十五名で、我が社の副社長の坂本《さかもと》と共同歩調をとるのは四名、津島さんにつくのは理事長をふくむ七名と読んでいます。残る二名は態度不明ですが、個人的な思惑があるとしても、理事は皆、出身企業の利益を最優先するので、企業の意思が採決に反映するでしょう」

「多数派工作はやってるのか」

「当然です。しかし、逆転は困難と判断し、あなたにお願いしたのです」

「一週間前と情勢は変わらんのか」

「さらにきびしくなりました」

「寝返り続出か」

「企業は勝ち馬に乗るのが鉄則です」

「長い年月と莫大なカネをかけて進めてきた東和地所の計画がわずか三、四年で崩壊しかけてる。逆に言えば、巻き返しも可能やろ」

「その意欲はあっても、時間がありません。川瀬知事は、就任後の都の定例会で、予定を一年延長し、二〇一五年の豊洲市場開設を発表しました。そのとおりに進行すれば、来年後半にも築地市場の解体、土壌整備などの基礎工事が始まります。JIPAの理事会で山菱不動産主導の見直し案が承認され、都に持ち込まれたら、日程的に見て、それを覆すのはそれこそ至難の業《わざ》になるでしょう」

「これまでに東和地所はなんぼの投資をした」

「都や霞が関への根回し、関連企業との連携強化、誘致したい企業への工作費……もろもろ併せ、三百億円はくだりません」

「裏ガネを加えると五百億円か」

「推測はご自由です」

鶴谷は茶を飲んで間を空けた。

杉江がすこし背をまるめ、顔を近づけた。

「依頼を……請けていただけますか」

「まだ依頼の具体的な中身を聞いてへん」

「山菱不動産の見直し案を潰していただきたい」

「ほかの選択肢は……先行投資したカネをとり戻すとか」

「おカネはいりません」

杉江の声がとがった。

「見直し案の抹消……その一点で、妥協の余地はありません」

「俺が要望する資料はすべて見せるのやな」

「具体的におっしゃってください」

「東和地所が主導していたころに作成した念書、覚書、裏契約書……そんなところや」

「それは……」

これまで無言だった緑川が声を発した。

鶴谷は緑川を睨《にら》んだ。

「なんや」

「あまりにリスクがおおきい。しくじれば我が社は危機的状況に陥ります」

「すでに危機的状況やさかい、俺に接触したんやろが」

「危機的状況を回避するために……」

「ほざくな」

鶴谷は声を荒らげた。

「俺を頼ること自体が企業にとって最大のリスクなんや」

「申し訳ない」

声を発したのは杉江だった。

「あなたの要望はすべて受け容れます」

鶴谷は視線を戻した。

「ええやろ。で、いつまでに片をつけたい」

「都議会の定例会は今月三十日の月曜に招集される。津島さんは、前の週の二十六日に臨時理事会を開くよう調整しているとの情報を得ました」

「そこで採決を行ない、定例会に持ち込む。都や都議会議員らへの工作も進んでいると読んだほうがよさそうやな」

「そう思います。だから、会議が行なわれる前に決着をつけていただきたい」

「二週間ほどやで」

「さっきも申したとおり、我が社としてできるだけのことはいたします」

「その割には、冒頭から隠し事がありすぎるわ」

「どういう意味でしょう」

杉江の顔が強張った。

鶴谷は何食わぬ顔で応じた。

「見直し案の詳細は把握できてなくとも、おおまかな情報は握ってるやろ。東和地所は許しがたい不利益を被ることを知った……違うんか」

「依頼を請けていただければ、この場であるものをお見せする……あなたに言われるまでもなく、そう決めていました」

「先に見せろ」

緑川が目をまるくした。

「しかし、依頼をことわられると……」

「やめないか」

杉江が緑川を叱った。

「この期《ご》に及んでは鶴谷さんにすがるしかない……役員会の総意ではないか」

「わかりました」

緑川が封筒から二枚の用紙をとりだし、テーブルにならべた。

図面だった。右はイメージ図①、左はイメージ図②、とある。

杉江が口をひらいた。

「我が社の都合上、原図を簡素化し、イメージ図としました。ご容赦ください」

「原図は完成予想図……それも、企業名などが詳細に記されてるのやな」

「はい。ゆえに、もしものことがあれば皆様に多大なご迷惑を……」

「もうええ。わかった」

「ありがとうございます。左も同様ですが、山菱不動産の策略を知った直後の、ことし初めに入手したものなので、現在のものとは若干異なるかもしれません」

鶴谷は右の図の中央部分を指さした。

「ここが東和地所の島か」

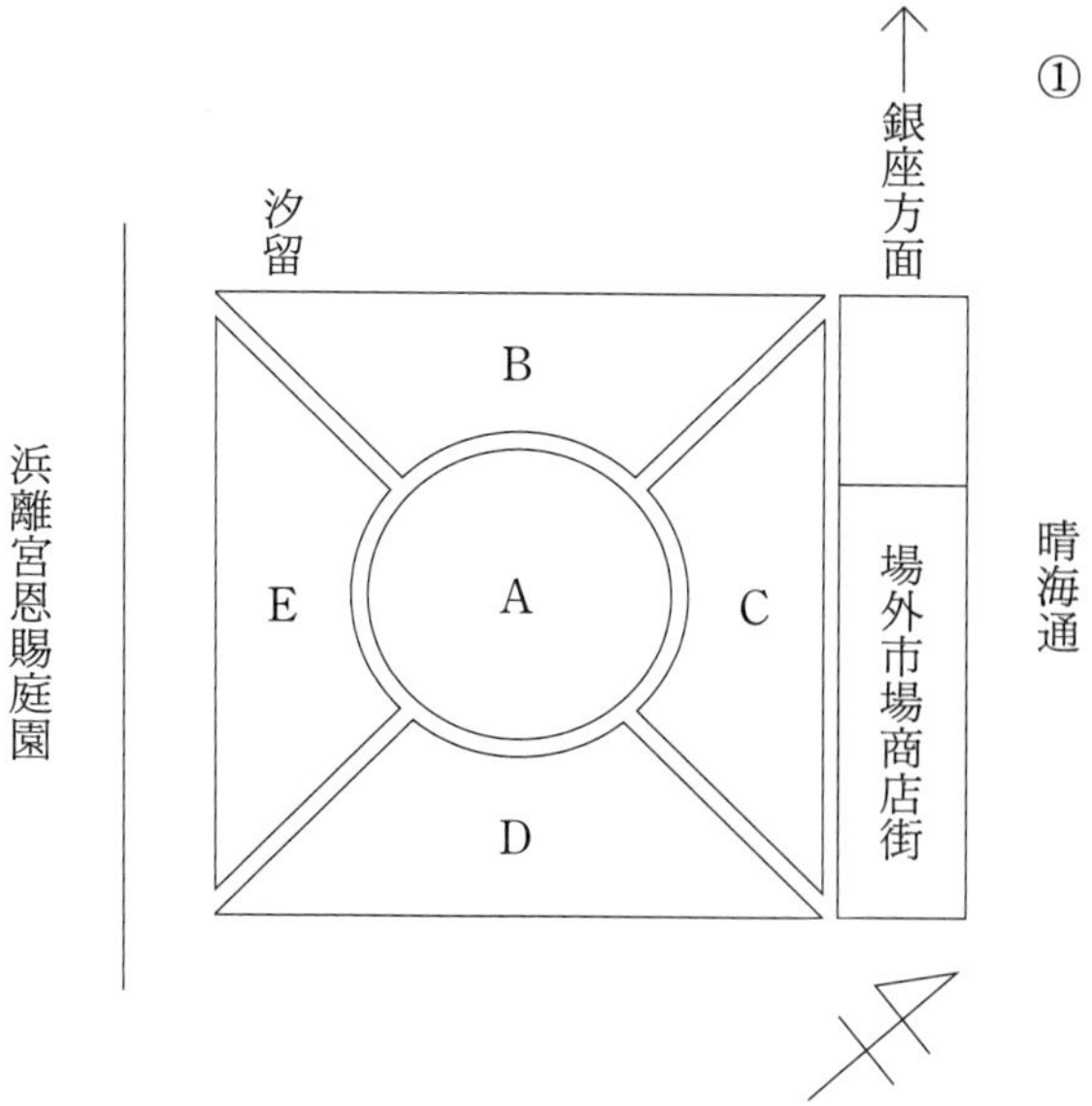
①
銀座方面
汐留
浜離宮恩賜庭園
B
A
E
C
D
場外市場商店街
晴海通

②

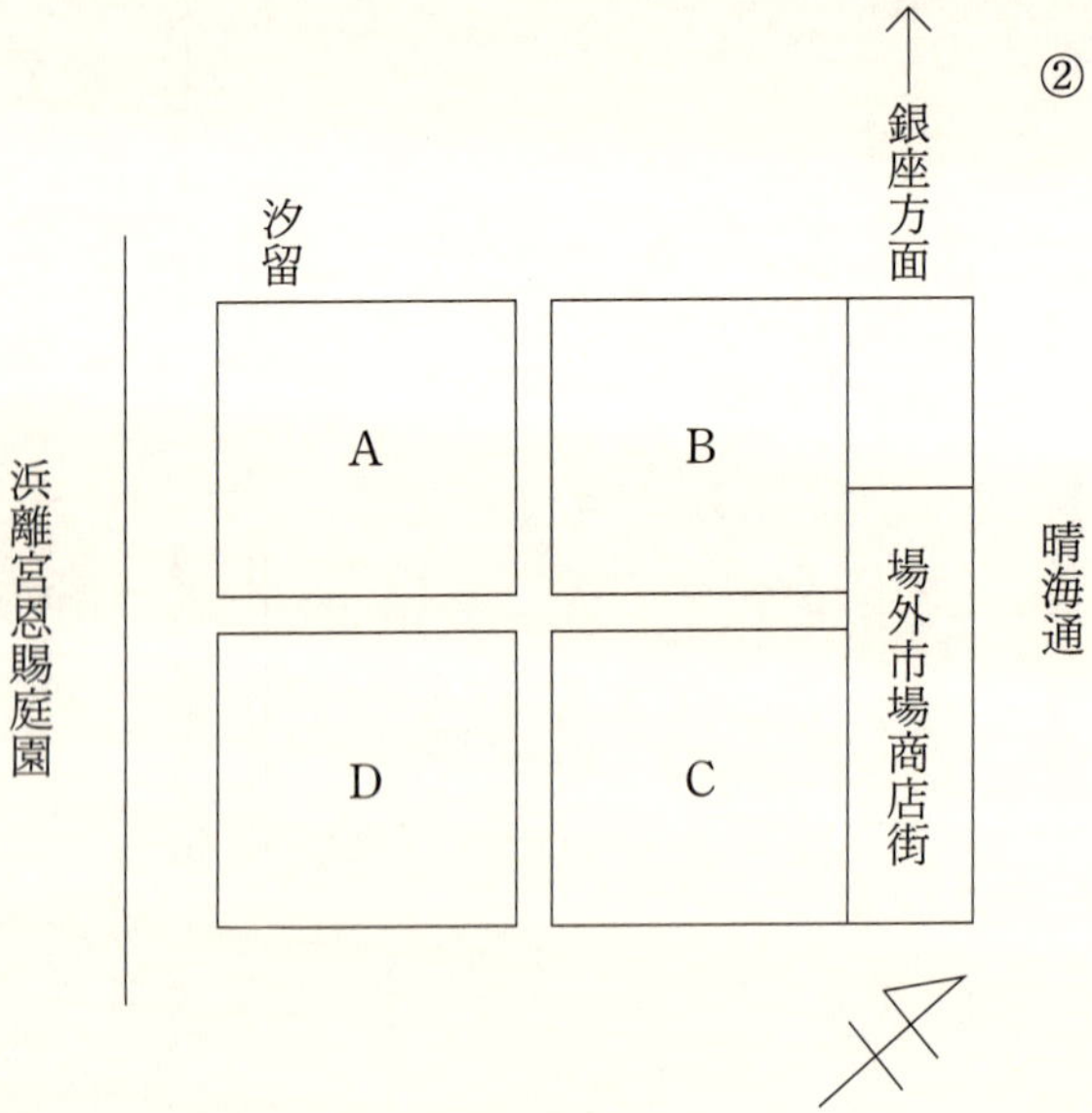

杉江がおどろいたような顔を見せたあと、目を細めた。

「このために汗をかき、おカネを注ぎ込んできました」

力《りき》みを感じないもの言いだった。

「左ではどこになる」

「ここです」

杉江の指の先に、Cがある。

「山菱は、どこからどこへ移る」

杉江が両手を使い、右の図のBと、左の図のAを同時にさした。

「位置的にはあまり変わりません。ですが、左の図では、あきらかに一等地です。山菱不動産が関東テレビと共に開発した汐留《しおどめ》に隣接し、銀座への便も良い。その点は我が社も配慮して、一等地とは言いませんが、おなじ場所を山菱不動産に割りあてました。それなのに、左側の図では我が社への配慮など、欠片も見られません」

「それは理屈で、一等地以外はどこもおなじやろ」

「おっしゃるとおり。だからこそ……」

杉江が右の図の真ん中に人差し指を突き立てた。

「ここしかないのです」

鶴谷は、杉江の目を見つめた。

微動だにしない瞳の真ん中の奥深くに炎がある。

杉江の本性を、その芯を見た。

「請けよう」

「ありがとうございます」

杉江の声のあと、大塚がソファを下り、床に膝をついた。

鞄から帯封の百万円の束をとりだし、鶴谷の前にならべる。

「経費別途で、着手金は一千万円でよろしいのですね」

杉江が言った。

鶴谷は黙ってデイパックのファスナーを引いた。

口を開け、無造作に、滑らせるようにして札束をデイパックにおとした。

「成功報酬は三億円でお願いできますか」

鶴谷は、デイパックの口を閉じた。

「ご不満であれば役員会に諮ります」

「いらんことや」

杉江が頭をさげた。

「礼もいらん。つぎは、あんたを敵にまわすことになるやもしれん」

「それはそれで、たのしみです」

杉江が気負いなく言った。

鶴谷は、また見つめた。

瞳の炎が消えていた。


正面玄関を出るや、黒のアルファードがゆっくり近づき、路肩に停まった。

鶴谷はドアを開き、無言でなかに入った。

優信調査事務所の木村が差しだす麦茶を飲んで、煙草を喫いつける。

木村とは十三年の縁になる。

事務所には二十数名の調査員がいて、鶴谷が調査を依頼すれば五人から十人の特別調査班が結成されると聞いている。

だが、ひとりを除き、調査員の誰とも顔を合わせたことがない。例外は時雨音也《しぐれおとや》という若者で、三年前に鶴谷の仕事に絡んで殺された。人の生死にかかわらず、捌き屋という稼業は依頼の内容に関係なく、常に人の人生を左右する危険をはらんでいる。

そういうことが木村にもわかってきたのか、いつしか会話はすくなくなった。目でも肌でも何かを感じとれる。二人の間にはそういう空気が在る。

前線基地が動きだして、木村が口をひらいた。

「どうされました」

「やる」

「うちの調査はお役に立ちましたか」

「ああ。依頼主の話と齟齬《そご》はなかった。ＪＩＰＡの内部情報もおなじや」

「安心しました」

「築地市場の跡地再開発の完成予想図、どこから手に入れた」

木村に調査を依頼した翌々日に届いた第一回調査報告書に図面が添付されており、その図面には外資企業のホテルやブランドショップの名なども記されていた。

「ご勘弁ください」

「あれは東和地所が作成したもんやな」

「はい」

「元専務の中村八念が殺される前か、あとか」

「存命中とだけ応えておきます」

中村は警察組織との連携に熱心だったと聞いている。二〇一六年のオリンピック招致、市場移転に絡むトラブル、再開発後のセキュリティ機能の強化など、様々のことに考慮してのことだと推察できる。その中村が皮肉にも元警察官に射殺された。

その事件の背景も調査報告書に記してあった。

警視庁公安部にいた木村は警察とは友好な関係にあるので、その手の情報は入手しやすいのだろう。東和地所が作成した図面もおなじ経路で手に入れたと思っている。

「調査依頼は継続ということで、よろしいですね」

「……………」

鶴谷は首をかしげた。

木村は表情を変えなかった。鶴谷の懸念を察しているのだ。

「ご依頼には誠意をもって応えます」

「優信の標語か」

「ええ」

木村がようやく笑みを見せた。

目のまわりの皺《しわ》が増えた。

そう感じた。五十七歳の木村が還暦すぎにも見える。苦労皺だとすれば、その大半は自分が刻んだ。そんな気がする。

むりはするな。

そう言いそうになった。

しかし、口にしても舌の根が乾かぬうちに撤回するだろう。加倉と同様、捌き屋稼業には欠かせない男で、彼の部下たちの仕事ぶりは文句のつけようがなかった。

それでも、今回は不安を拭えないでいる。

迷えば退く。

己への箴言《しんげん》は、加倉や木村がいるからこそ、胸の底に眠らせることができる。

「依頼を打ち切られるときは気兼ねなくおっしゃってください」

「ああ」

やはり胸中を読まれていたという思いがぞんざいなもの言いにした。

「ご指示をお願いします」

「関係者の一覧表を見せろ」

木村がA四判の紙をテーブルに載せた。

冒頭にJIPAの役員の名がならんでいる。

理事長の吉原道夫（日本製鋼）、副理事長の中西章（元国交省）、筆頭理事の津島忠成（山菱不動産）、理事の坂本清《きよし》（東和地所）、伊藤哲也《いとうてつや》（神山建設《かみやま》）、今田祐司《いまだゆうじ》（さくら銀行）、青《あお》山新一《やましんいち》（関東電力）、小林栄治《こばやしえいじ》（関東ガス）、福井健三《ふくいけんぞう》（五洋電気）、浅野敏信《あさのとしのぶ》（山菱商事）、益田剛《ますだつよし》（山村興産）、塩川三郎《しおかわさぶろう》（八角ホールディング）、西沢宏《にしざわひろし》（ＪＥＣ）、小谷良行《こたによしゆき》（日本商会）、専務理事の石崎達治（元経産省）とある。

行を空けて、民和党の国会議員の名が列記されている。

沖田孝司《おきたたかし》（衆議院議員、民和党東京都連幹事長）、中山勤（衆議院議員）、桑原誠《くわはらまこと》（衆議院議員）、島村洋子《しまむらようこ》（衆議院議員）、正木隆明《まさきたかあき》（衆議院議員）、飯塚智晴《いいづかともはる》（参議院議員）。

六名とも『築地の未来を考える会』の発起人である。

鶴谷はざっと読んで顔をあげた。

「ＪＩＰＡの津島派は何人や」

「結束が固いのは理事の伊藤、青山、福井、浅野、塩川、小谷で、利害でがっちり嚙み合っているようです」

「坂本派は」

「今田、小林、益田、西沢の四人ですね」

「吉原と中西、石崎はどうなんや」

「理事長の吉原は津島と連携していますが、来年の理事長選に出馬しないとのうわさもあり、どちらの数にも入れないほうがよろしいかと思います。中西は経産省とのバランスをとるための副理事長で、本人も腰かけ気分でいるようだと……石崎は津島と親密な関係ですが、立場上、露骨な言動は慎むでしょう」

「どっちにしても、津島派の有利は動かんわけか」

「そのようです」

鶴谷は、ひとつ息をつき話題を変えた。

「六人の政治家で、津島に近いのは」

「全員です」

木村が即座に応えた。

「とくに、中央区が地盤の中山と、警察族議員の正木は、民和党が昨年末の衆院選で圧勝したあと、ＪＩＰＡとの距離を縮めているようです」

「……………」

ここまでの報告は東洋新聞社の加倉のそれと符合する。

それにしてもと、鶴谷は優信調査事務所の情報収集能力の高さに改めて感心した。

所長の木村は警視庁公安部の出身なので警察情報にあかるいのは当然として、政治や経済に関する情報を、それも裏舞台の情報を短期間で集められるのは優信調査事務所にはいろいろな業界に精通する連中が揃っている証である。

「それと、近々にも設立される『築地の未来を考える会』には、津島側近で、山菱不動産の総合企画部の保利光史《ほりこうじ》部長が事務長代理に就くとの情報があります」

「ＪＩＰＡと永田町の関係を密にする役目か」

「おそらく」

「築地市場のほうはどんな状況や」

「水産卸業者団体の移転反対派は有識者や市民グループと活動していますが、もはや豊洲移転は既成事実と諦めて、現実路線に切り替える者もいるようです」

「現実路線とは何や」

「築地場外市場商店街の人たちと共に、業務筋の顧客を対象にした鮮魚マーケットを場外市場と隣接した場所につくる動きです」

「そっちは可能性があるんか」

「古い家屋が密集する場外市場は景観上も機能上も好ましくないとの判断から、ＪＩＰＡは場外市場の土地を買い取る方針を示しているのですが、交渉は進展しておらず、場外市場を残したまま再開発に着工するだろうと、関係者は読んでいます。その場合、鮮魚マーケットが現実味を帯びますが、市場形式にしようとすれば都の認可が必要で、都がどういう判断を下すか、予断を許しません」

瞳が端に寄った。興味を示すとそうなる。

築地市場と場外商店街は狭い水路をはさんで隣接している。市場の土地は都の所有で、場外は私有地とはいえ、位置的に見て場外商店街も事業計画に組み込まれ、利権の対象になっているのは推察するまでもない。

しかし、興味はふくらまなかった。

わずか二週間の勝負なのだ。

山菱不動産との交渉に勝利するには正確で実効性の高い情報を集めるのが急務で、そのためには攻め処を絞り込む必要がある。

「津島と、津島派の六人、民和党の中山と正木、都知事の川瀬、山菱不動産の保利……連中の個人情報を俺の家にファックスで送れ。それと、きょうから二十四時間体制で、津島と中山、正木、保利を監視しろ」

「都知事は対象からはずすのですか」

「川瀬の疵を摑んだとしても、風見鶏など企業はあっさり切り捨てる」

木村が苦笑した。

鶴谷は間を空けなかった。

「期限は十五日間や。けど、そのことは気にするな。焦りはミスを生む。連中の疵を見つけるか、交渉を有利に運べる情報を得る……そのことに全力を注げ」

「調査には可能なかぎりの人員を充《あ》てますが、必要と判断した場合は信頼のおける同業者を使うことをお許しください」

「まかせる」

「ほかには」

木村の声に遠慮の気配がまじった。

「気になることでもあるんか」

「いえ……これからどちらへ」

「帰る」

木村が運転手に声をかけようとした。

鶴谷はそれを制した。

木村にむだな時間を使わせたくない。

鶴谷は、ベランダの蓋を開け、梯子を降りた。

風が肌を撫《な》でる。九月に入っても炎暑続きだが、深夜は幾分かしのぎやすくなった。

心地よい風は、鶴谷にとって薬のようなものである。

精神障害の持病があり、ストレスが溜まる環境に身をおくと左半身が痺《しび》れ、ひどくなるとミミズ腫れのような湿疹がでる。そういう環境の場所に近づかないように心がけているけれど、仕事で止むを得ない場合もある。そんなときは発作止めの安定剤を服《の》み、タイミングを見計らい風が流れる場所で神経をなだめるようにしている。

階下のベランダの窓は開いていた。

――バラ寿司あるよ――

電話をよこして二分と経っていない。

菜衣は、ソファの傍らに立っていた。

ブルーグレイのロングドレスを着ている。光沢を抑えたシルクだった。

菜衣が左手を腰にあてた。

鶴谷は目を細めたあと、すぐ苦笑に変えた。

――いろんな色のシャツを着てみたけど、ツルは青が好きみたい――

――俺と一緒や――

先夜の菜衣とのやりとりがうかんだせいだ。

鶴谷が無言でも、菜衣の表情はやさしいままだった。

見せたかった。それだけのことなのだろう。

鶴谷がソファに座ると、菜衣も浅く腰かけた。

折箱がある。

鶴谷は、二つの折箱の包装紙を解き、ひとつを菜衣の前に置いた。

着替えんかい。

言いかけて、やめた。菜衣の機嫌を損ねる。鶴谷に電話する前に時間はあったはずで、テーブルにはお茶の用意もしてある。

二人して、無言で食べた。

月に一、二度、菜衣は、事前の連絡もなく、こういう場を用意する。

そのたび、鶴谷は、おう、と応えて梯子を降りる。おそらく鶴谷が不在の夜もあったと思うけれど、そのことで怨みがましく言われたことはない。

食べおえたあと、菜衣が訊いた。

「なにか、呑む」

「バーボンのオンザロック」

ソファを離れた菜衣がトレイを手に戻って来た。

フォアローゼスのプラチナボトルとアイスペール、バカラのタンブラーがひとつ。萩焼の器に小城羊羹《おぎようかん》がある。それも嬉野の茶と同様に佐賀から取り寄せている。

白い粉の吹く羊羹を口にした。子《こ》どものころに食べた味がする。

菜衣がオンザロックをつくりながら話しかける。

「どうしたの」

「請けた」

「依頼主は誰なの」

「東和地所。窓口は専務の杉江恭一や」

「相手は」

「山菱不動産……というより、ＪＩＰＡ筆頭理事の津島忠成」

鶴谷は平淡な口調で言い、グラスをあおった。

旨《うま》いと感じた。精神が均衡を保っている証だ。

「ＪＩＰＡの方々はほかのクラブを利用してるけど、山菱不動産は菜花《なのはな》に来てくれる」

「閻魔帳を見た」

菜衣は、みずから経営するクラブ・菜花に来た客のあれこれを日記に書き残し、それを鶴谷は閻魔帳と呼んでいる。

七年前に開店して、リーマンショックと東日本大震災で多少の沈みはあったようだが、不況に喘ぐ夜の銀座では、名の知られた老舗《しにせ》店と遜色ない優良店である。

「この二、三年、保利光史の羽振りが良さそうやな」

「わたしを自分の女のように扱ってるわ」

菜衣の目が糸になった。

好きにさせているの。

そう言っているような顔だった。

「津島と保利は一度も一緒に来てへんな」

記憶をたぐるまでもなかった。東和地所の依頼を請け、木村に指示をだしたあとは真っ直ぐ帰宅し、木村と加倉が送ってきた資料や菜衣の閻魔帳を精読したのだった。

交渉の過程での記憶力と勝負処での決断力が仕事の成否の鍵を握る。

「保利はひとり遊びが好きみたい。たまに同僚か部下を連れてくるけど、接待するとか、されるとか、滅多にないわ」

菜衣はもう仕事仲間の気構えになっている。そんなもの言いだった。なによりも客を大切にする菜衣だが、鶴谷の仕事に絡む者は呼び捨てにする。

「ぞっこんか」

「さあ」

菜衣が首を傾けた。

それで読めた。推察が声になる。

「おまえで己に箔をつけとるんか」

「自意識が強いのよ。あれで、お店の子にやさしければ男前なんだけど」

今度は肩をすぼめた。

「敵も多そうやな」

「わたしはそう見てる」

「津島のほうやが……おととしから神山建設の伊藤と五洋電気の福井と来る回数が増えた。ことしはどっちとも月に一回のペースで、三人一緒のときもあった」

「津島はことしの暮れで五十八歳になる。伊藤も福井もそれぞれの会社の副社長で、歳は津島より七、八歳上だけど、津島には一目置いて接している感じよ」

「それはそうやろ。津島の野望が霞が関を潤す」

「そっか」

菜衣の声が弾んだ。

「伊藤は財務省、福井は経産省からの天下りだものね」

「津島の前の筆頭理事の中村は、国交省を軸に、経産省、農水省、総務省、警察庁と、築地跡地を念頭に、その所管官庁との関係を重要視していたそうな」

「財界だけではなく、霞が関も利権のぶんどり合戦をしてるわけ」

「そういうことや」

鶴谷はグラスを空けた。

煙草に火をつける間に、菜衣がオンザロックのお替りをつくった。

「さあ、言って。わたしはなにをすればいいの」

「閻魔帳を書いてろ」

菜衣の目が拗《す》ねた。

「とりあえずの話や。あしたか、あさって、山菱に行く。そのあと……頼む」

鶴谷は意識して目に力をこめた。

それでも、菜衣は納得の顔を見せなかった。

「警察がわたしを訪ねて来たことが不安なの」

「不安は年中や」

「わたしを……お友だちや仕事の仲間を気遣ってるのね」

「気遣うても、どうにもならん。俺に仲間は背負えん。背負えるわけがない」

「だから、せめて護ろうとしてる。そういう人なのよ、康ちゃんは……」

菜衣が語尾を沈めた。

そうでなければやりきれないのか。

鶴谷は目をつむり、胸のうちで問いかけた。

目を開けると、菜衣は半身を捻り、映像のないテレビを見ていた。

第二章　活殺自在

黒いビルが陽光をはらむようにして聳《そび》えている。

鶴谷は、山菱不動産汐留ビルの二十一階にあがった。

受付で名乗ると、三階上の応接室に案内された。

ブラインドで半分閉じられていても充分すぎる陽が射していた。

空の青とブラインドの白がまぶしい。

お茶を運んできた女と入れ違いに細身の男があらわれた。

ひとめで総合企画部の保利光史とわかった。優信調査事務所から届いた個人情報にはそれぞれ数枚の写真が添えてあった。

名刺を交換し、ガラスのテーブルをはさんで対座した。

鶴谷は、保利を見つめた。輪郭のはっきりした顔立ちは男っぽく感じる。グレイのシャツに濃紺のスーツ。紺と黄のストライプのネクタイが若さを強調していて、実年齢の四十六より三つ四つ若そうに見える。

鶴谷は、肘掛けに左腕を預けた。

「東和地所も舐《な》められたもんやな」

「どういう意味でしょう」

「俺は東和地所の正式な代理人や。それなのに、ここは本社やない」

「書面の内容を吟味し、こちらのほうがふさわしいと判断しました」

「東和地所は杉江専務が担当してる。一部署の長のあんたでは釣り合いがとれん」

「力量不足なのは承知しておりますが、この場にいるのは専務の津島の命を受けてのことなので、ご容赦とご理解を願います」

「あんたの発言は津島専務の発言……山菱不動産の意と受けとってええのやな」

「結構です」

保利の声にためらいの気配はなかった。

鶴谷は茶を飲んだ。

顔をあげるや、保利が口をひらいた。

「それにしてもおどろきました」

「………」

「総会屋も暴力団もきびしく排除されているいまもなお、あなたのような方が日本を代表する企業の代理人として活躍しておられるとは……わたしが無知でした」

鶴谷は目元を弛めた。

そつのないもの言いに感心したのではない。

──わたしを自分の女のように扱ってるわ──

菜衣の言葉がうかび、自分も箔をつける道具にするつもりなのかと思った。

そもそも、社員が捌き屋の相手を務めるのは滅多にないことである。

企業間のトラブルでは、ほとんどの企業が、顧問弁護士ではなく、企業コンサルタントと称する連中に交渉を依頼する。トラブルが公になれば企業の信用がゆらぐうえに、日本の裁判は結審までに膨大な時間と費用を要するからだ。さらに、トラブルの内容次第では司法当局や国税庁などが動く可能性もある。

極秘裏の解決を託される企業コンサルタントは交渉人とか示談屋と呼ばれ、関西では捌き屋ともいわれている。鶴谷のような一匹狼の捌き屋はめずらしく、彼らの大半は元議員秘書で、秘書時代の経験や人脈が活躍の土台になっていることが多い。

山菱不動産もかつて総理の私設秘書を務めていた男とコンサルティング契約を結んでいるので、彼が交渉の矢面《やおもて》に立つと予測していた。

保利が話を続ける。

「あなたの友人のひとりに、暴力団関係者がおられると聞きました。その方も……」

鶴谷は、目と手でさえぎった。

「ものは、はっきり言わんかい。俺に友はひとりしかおらん。大阪に本家がある一成会の若頭、白岩光義や」

「そのお方と連携されておられるのですか」

保利の声音に乱れはなかった。

「電話したる。本人に確かめえ」

鶴谷は携帯電話を手にした。

「おそらく、電話でお話しするだけでも警察が動くと思います」

「試さな、わからん」

「いえ、結構です」

保利が顔を左右にふった。憎らしいほど余裕がある。

「わたしは、子どものころからホラーやサスペンス映画が苦手でして……関西のその筋の方とお話しするだけで気絶するでしょう」

「安心したわ」

「えっ」

「その余裕や。俺を、友とおなじに扱うてないという証になる」

「参りました」

保利がすこし顔を傾け、苦笑した。

「さすがに連戦連勝のプロ……揚げ足を取るのがお上手ですね」

「やめんかい」

鶴谷は語気を強めた。

「どんな魂胆か知らんが、あんたの挑発には乗らん」

「わかりました。では、ご用件をお聞きします」

「寝言をぬかすな。聞くのは俺や。東和地所の質問の返答を聞きに来た」

きのう、鶴谷が依頼を請けたあと、東和地所は質問状と要望書を作成し、その日のうちに山菱本社を訪ねてそれを手渡し、きょうの面談を要求したと聞いた。

「あの質問状は要領を得ず、理解に苦しみました」

「築地市場跡地の再開発計画の見直し案は存在せんということか」

「いいえ。そういうことではなく、築地市場の豊洲移転と跡地再開発は構想の段階から一貫してJIPAが主導してきた……それはご存知でしょう」

「見直しの絵図を描いたのは山菱不動産で、津島専務が指揮を執った」

「かりにそうだとしましても、見直し案は、我が社の役員会ではなく、ＪＩＰＡの理事会に諮られるものと認識しております」

「形式はどうでもええ。ＪＩＰＡに加盟する企業に根回しをし、築地跡地に関心を持つ各業界の企業と交渉したうえで、図面を作成したのは山菱不動産や」

「どうご返事していいのやら……あなたの言い分では、我が社がなにか悪いことをしているふうに感じられます」

「ＪＩＰＡは膨大な時間とカネをかけ、多くの汗を流し、構想を形にしてきた。築地市場の豊洲移転が現実味を増し、いよいよ来年中にも築地跡地の再開発が本格化しようとする矢先に事業計画の見直しを行なうメリットは何や」

「ひと言で申せば、ＪＩＰＡが五年前に決定した計画案は古くて、時代の進化に対応できていません。とくに情報分野は一年が百年に感じるほど著しい進化を遂げています。それとは別に、リーマンショック後の東日本大震災やＥＵ圏内の金融不安が世界の市場に混乱をもたらしたこともあって、参入予定の企業が撤退を余儀なくされたり、逆に、新興企業が参入を熱望したりと、状況はおおきく変化しているのです。計画の見直しは当然で、参入予定の皆様の要望にお応えできるものと確信しております」

「詭弁を弄すな。あんたの話をそのまま引用すれば、最新の粋を結集した事業計画も、それが実行され、完成するころにはガラクタになる。リニアモーターカーとおなじや。そんなことは百も承知のうえで、国も地方自治体も企業も事業を展開してる。カネを回すためにな。カネが回らなければ動脈硬化をおこし、国も企業も破綻《はたん》する」

「乱暴な発想ですね」

「あかんとは言わん。利権をむさぼる連中がおるさかい、俺の稼業が成り立ってる」

保利が頬を弛め、舌先でくちびるを舐めた。

緊張していたのか。

ふと、そう思った。

「東和地所は計画案がＪＩＰＡの理事会で承認されるまでに数百億円を先行投資したと言ったが、山菱不動産は工作資金になんぼ使うたんや」

「ほう」

保利が口をまるくした。一瞬にして余裕が戻ったようだ。

「それは次善の策を視野に入れてのご発言ですか」

「ん」

「事業計画の見直し案の撤回がむりであれば、おカネで解決する方法もあると」

「そうか。その手もあるか」

鶴谷はとぼけ口調で応じ、顔を前にだした。

「なんぼ出せる」

「こまったお方ですね。そんな質問は、あなたが東和地所の無理難題を撤回させ、ほかの解決手段を提示したあと、当方に持ちかけてください」

「それもそうやな」

あっさりと返し、姿勢を戻した。

「そろそろ、返答を聞かせてもらおうか。東和地所の要望をのむ気はあるか」

「ありません」

「東和地所が作成した事業計画を修正するという方法もあるが」

「中途半端な見直しは、かえって混乱を招くことになります」

「すでに関係各所への根回しは万全に済ませたと言いたいのか」

「ご推察におまかせします」

「見直し案をＪＩＰＡの理事会に諮る前に、東和地所と協議する予定はどうや」

「ありません」

「わかった」

鶴谷はポケットから煙草のパッケージをとりだした。

保利は眉をひそめながらもサイドボードの抽斗《ひきだし》から灰皿をだした。煙草が嫌なのではなく、まだ話が続きそうな気配を感じての不満だったかもしれない。

鶴谷は煙草をくゆらせた。

そのとき、ノックする音に続いてドアが開いた。

「遅くなって申し訳ない」

声を発しながら男が入ってきた。

如才ない笑顔だった。

鶴谷は、目の端で保利の表情をさぐった。

あっけにとられたような、訝《いぶか》しそうな、そんな顔をしている。

立ちあがって、挨拶を交わした。

「山菱不動産の津島です」

「東和地所の代理人の鶴谷や」

津島がにっこりした。

「うわさどおりのお方ですね」

「標準語がご希望ですか」

鶴谷は丁寧に言った。標準語くらい喋れる。だが、そんなことで神経を遣いたくない。捌き屋の交渉は神経を磨耗する心理戦なのだ。

津島が顔の前で手のひらをふった。

「いえいえ。それではたのしくありません。さあ、お掛けになってください」

保利が席をずらし、津島と正対することになった。

間を空けずに津島が話しかける。

「早くに決まった約束事がありましたので、保利にあなたのお相手を委ねたのですが、どうにも気になりましてね」

「部下を信頼できんのか」

「そうではなくて、あなたへの好奇心が……本音を申しますと、東和地所の理不尽きわまりない要望を知って呆れ返り、そのごり押しに加勢しようとする者など高が知れていると思ったのですが、そのあとであなたの名を聞き、どうにも落ち着かない気分になりましてね。面談を中座して駆けつけたわけです」

「俺の名を知ってたのか」

「ええ。プライベートな酒の席で、ある御仁《ごじん》がたのしそうに語られていました」

「くだらん」

津島が交渉の相手になれば、その話がでるとは予測していた。

ＪＩＰＡに参加する三社から依頼を請けたことがある。

咽元過ぎれば何とやらで、苦い体験も酒の肴になるのだろう。

――つぎは、あんたを敵にまわすことになるやもしれん――

依頼主への忠告をまともに受け取る者は少数だと思う。

――それはそれで、たのしみです――

東和地所の杉江専務の言葉と表情は異例中の異例である。

鶴谷は、紫煙を飛ばし、煙草を灰皿に潰した。

「で、これから先はあんたが相手になるのか」

「そうしたいのは山々ですが、なにしろ多忙の身でして……それに、部下の仕事を途中で奪うのはわたしの信条に反します」

「ええ心がけや。けど、せっかくやさかい、訊いてもええか」

「なんなりと」

「ＪＩＰＡの居心地はどうや」

「快適です」

津島が満面に笑みをひろげた。

「オリンピックの東京開催が決定し、日本経済にあかるい光が射しました。築地市場のゴタゴタも収束にむかいつつあるので、ＪＩＰＡ内も活気に満ちています」

「たいした自信や。活殺自在というわけか」

「周りを自分の思いどおりに動かせるとすれば人生のわずかな期間でしょう」

「あんたにとって、まさにいまか」

「鶴谷さん」

津島の目が光った。

人あたりのよさそうな顔が一変し、策士のそれになった。

「そこまでわかっておられるのなら、手を退かれたら如何《いかが》ですか。あなたの輝かしい経歴に疵がつくことになりますよ」

「闇に生きる男が輝いてどうする。経歴など片っ端から捨てとる」

「経済界はとてもシビアです。一敗地に塗《まみ》れれば……」

「講釈たれるな」

鶴谷は乱暴にさえぎった。

「せっかく対面できたんや。もうひとつ訊かせてくれ」

「なんでしょう」

「築地市場の跡地再開発は、利権のほかにも魅力があるのか」

「ありますね。最先端の技術、最新の機能と設備……日本経済界のすべてがあの場所に結集し、東京を世界に誇る情報発信都市にする。そんな夢のある仕事をやれるのは、ごくわずかな選ばれし者です。しかも、わたしはその中核にいる。我が社にとっては利権の宝庫で、個人的には一世一代の晴れ舞台だと思っています」

「しあわせな……というより、めでたい男や」

津島が息をつき、かるくまばたきして口をひらいた。

「あなたへの着手金は一千万円と聞きました。成功報酬の提示はあったのですか」

「聞いてどうする」

「おカネで済むことであればまるく収めたほうが……そうすれば、わたしも、あなたを頼る企業人から怨まれずに済みます」

「カネは俺を雇うときが来るまでとっておいたほうがええ」

「あなたの自信もそうとうなものですね」

「自信はない。けど、負けを覚悟の喧嘩はせん」

「そのお言葉、肝に銘じておきます」

「また来る」

保利がきょとんとしたあと、なにか言いかけた。

鶴谷はそれを無視して立ちあがり、ドアにむかった。

保利は、脱いだ上着をまるめ、ベッドの上に投げつけた。

高輪にあるシティホテルの客室に入ったところだ。

缶ビールのプルタブを引き、音を立てて呑んだ。

「どうしたの」

窓際のチェアに座る松下久美《まつしたくみ》の声には棘《とげ》が感じられた。

紺のスーツを着たままで、端整な細面《ほそおもて》は不機嫌そうに見える。

「なにが」

保利は乱暴に返した。

「だって……ひと月前から予約してたフレンチをキャンセルして……おまけに、わたしの部屋じゃなく、ホテルをとったから先に行ってろなんて……」

「しょうがないだろう」

保利は、久美の前に座り、空けた缶を握り潰した。

「しばらく窮屈な思いをさせられそうだ」

「なにがあったの」

久美がメンソールの細い煙草をふかした。

見かけは上品な女、気質は男、それでいて少女のような一面も見せる。

つき合いだして二年になるが、まだ久美の本性にふれていないような気がする。いまのところ、なにもかもが魅力的で、どんどん深みに嵌《はま》っている。

おととしの春、入社三年目で久美は津島専務の秘書になった。それまでは総務部広報課にいたのだから異例の抜擢《ばってき》で、社内では津島が手をつけたとのうわさがひろがった。

専務の部屋に呼ばれるたび顔を合わせているうち親しくなった。津島とのうわさは気にならず、いや、気になるからなおのこと、久美への興味と好意がふくらみ、三度目のデートの夜に、月島にある久美のマンションに泊まった。二年前のことだ。

「専務が、事が成就するまで品行方正にしていろと……捌き屋だか何だか知らないが、ゴロツキを恐れるなんて、ばかばかしい」

「なによ、それ」

久美が目を見開いた。好奇心がめざめたのだ。

「捌き屋ってやくざなの」

「どうせそんなもんさ。その男には関西の現役のやくざ者がついている。それなのに、東和地所は高いカネを払って、その男を代理人に仕立てた」

「うわさだけど、契約金が一千万円で、成功報酬はその何倍、何十倍らしい」

「凄い」

声が上擦り、瞳がきらめいた。

「やり手なのね」

「わかるもんか」

保利は邪険に返した。ときどき、久美の好奇心に嫉妬《しっと》する。

久美がにこっとした。子どもっぽい保利を見ると、からかうように笑う。

「やっと理解できたわ。築地市場の跡地再開発の件ね。うちの社の見直し案に東和地所が反発し、その捌き屋さんを雇った」

「さんを付けるな」

久美がさらに表情を弛めた。

久美は津島の信頼が厚く、機密事案の密談にも同席することがある。それに、保利は久美の好奇心に誘われるとつい口が軽くなる。

「でも、東和が抵抗しようと、ＪＩＰＡ内の形勢は変わらないのでしょう。きょうも専務理事の石崎さんと理事の伊藤さんが見えられたけど、お二人ともご機嫌だったわ」

「何時ごろ」

「お見えになったのは午後の一時半よ」

「アポが入っていたんだな」

「もちろん。本社ではどうか知らないけど、専務が汐留支社で会うときはアポイントが必要なの。お二人の来社は一週間前に決まっていたわ」

津島は西新宿の本社と汐留支社の両方に部屋を持っている。それぞれに秘書がおり、本社から異動してきた久美はＪＩＰＡにも出入りしている。

「専務は会談を中座したと言われたが」

「中座じゃなくて、予定より早く切りあげたみたい。あのあと、専務は捌き屋さんの顔を見に行ったのね」

「ああ。俺にまかせると言ったのに……よほど気にしていたんだろう。あげく、捌き屋が帰ったあと、しばらく思案する顔になって、細心の注意を払えと言われた」

「プライドが傷ついたわけ」

「ふん」

保利は二本目の缶を開け、咽を鳴らした。

「あんなやつの相手をさせられるのが不愉快なだけさ」

「絶好の機会じゃない」

「えっ」

「あの自信満々の専務が恐れる男を打ちのめせば、あなたの株があがる」

「おまえ、前向きだよな」

「あたりまえよ。わかってると思うけど、わたし、負け犬には同情しない。攻めて、勝ちる男にしか惚れないからね」

「まかせろ。連戦連勝の捌き屋を打ちのめし、おまえを痺れさせてやる」

「頼もしいわ。専務のことでも、ＪＩＰＡのことでも、知りたいことは何でも訊いて。あなたの勝ち誇る顔を見るためなら何でもしてあげる」

久美がそう言って、窓際に立った。

保利はその背に声をかけた。

「燃えてきたぜ」

「ひさしぶりに烈《はげ》しいセックスがたのしめそう」

久美が身体を捻った。目の端に寄った瞳が濡れている。

保利は久美の腕を引いた。

久美の身体が膝にのった。

肉厚のくちびるが保利の首筋に吸いつく。

保利は豊満な乳房を乱暴に擱んだ。


保利と久美が肉体を絡めていた時刻、鶴谷は帝国ホテル中二階のラウンジにいた。

仄暗《ほのぐら》い店内でも加倉の顔色はわかる。

「血色はよさそうやな」

「顔のむくみがとれ、動いても疲れが残らないようになりました」

「油断するな」

「わかってます」

加倉が言い、グラスをあおる。呑みっぷりも元に戻った。

「民和党の中山が接触しているのはＪＩＰＡ理事の伊藤と福井です」

「神山建設の伊藤、五洋電気の福井……どっちも天下りやな」

「ええ。二人とも、津島が筆頭理事になったあと、ＪＩＰＡの理事に就きました」

「津島は早くから霞が関への根回しをしていたわけか」

「前任者の中村八念の人脈を一掃したかった……経済部の記者はそう読んでいます」

鶴谷は、菜衣の閻魔帳を思いうかべた。

「津島は夜の銀座で伊藤や福井と遊んでる。津島派の核は、内に専務理事の石崎、伊藤、福井で、外に中山という布陣か」

「おそらく」

「都知事の川瀬は中山と手をつないでるんやなかったんか」

「接触は続いています。が、中山は副知事時代の川瀬とは親しくなかったそうで、知事になったあと、互いの欲が結びついての急接近だと思われます」

「欲の中身は」

「中山の選挙地盤は中央区なので、築地を持つ中央区の意見を都に反映させたい。他方、川瀬は、中山を介して、築地市場の諸問題で政府の支援を得たい。近々発足する『築地の未来を考える会』は政府と都庁の架け橋になると公言しています」

「JIPA内部の模様は見えてきたか」

「それが……」

加倉が眉根を寄せた。

弱音を嫌う加倉にはめずらしい。

鶴谷は煙草を喫いつけ、時間を空けてやった。

加倉が表情を戻した。

「模様が見えないというより、静かで……ＪＩＰＡの内情にくわしい他社の記者の話なのですが、築地問題に関して、ＪＩＰＡの役目はすでにおわっており、これから先はＪＩＰＡ加盟の各企業が独自の動きを加速させるのではないかと」

「その記者は、見直し案の存在を知ってるんか」

「もちろんです。有能な経済記者の大半は知ってるようだけど、誰も記事にしない。経済部の記者は政治部の記者よりもきびしい環境に置かれていて、企業や団体の利益を損なうスクープ記事を書けば、たちまち地方の支局へ飛ばされてしまうからです」

「圧力か」

「近ごろの新聞社はどこも圧力にからっきしで……」

加倉が肩をすぼめ、グラスを空けた。

おまえもストレスが溜まって心臓に負担をかけたんか。

そう言いそうになった。

加倉が水割りのお替りを頼んで視線を戻した。

「ＪＩＰＡ内での決着がついている勝負を、ひっくり返せますか」

鶴谷は、挑発するようなまなざしを目で弾き返した。

「それが仕事や」

「すみません」

加倉が笑顔を見せ、言葉をたした。

「ときどきあなたの本音を覗きたくなる癖は治りそうにありません」

「それでおまえのストレス解消になるんなら辛抱したる」

鶴谷はポケットの封筒を加倉の前に置いた。三百万円入っている。

依頼主からの着手金はいつも右から左に消える。木村と加倉に活動資金を渡し、その他の情報提供者に謝礼を支払う。

木村と加倉に関しては、情報提供料ではなく、彼らの能力の代価と捉え、二人とはカネでつながる縁なのだと、いつも己に言い聞かせている。

加倉が中身を見ずに封筒を上着のポケットに収めた。

「圧力といえば、築地に関する記事もうるさくて」

「企業からか」

「都です。二年前に移転反対派のリーダーだった水産卸業者が原因不明の食中毒にかかったときから……先月におきた築地市場内の出火でも、都が早々に注文をつけ、結局、テレビも新聞も大半が報道しませんでした」

「俺は、たまたまネットの速報版で見た」

「漏電か放火か……いまだに解明されていません」

「ふーん」

鶴谷は曖昧に返した。

築地市場でなにがおきようと、たとえ殺人事件が発生しようと、それが山菱不動産を攻めるさいの決め手にはならない。山菱不動産の直接関与があきらかになれば展開は違ってくるけれど、そんなことはあるはずもなく、それ以前に、警察の捜査結果を待っているうちに期限切れになってしまう。

しかし、どんな話も聞くようには心がけている。

むだ話のなかにも攻略のヒントがあるのは経験で知っている。

だから、木村にも加倉にも、得た情報は自分で取捨選択せずに話すよう命じてある。

「場外市場ですが……」

加倉がみずから話題を変えた。

「炎暑のせいもあるのでしょうが、異臭がひどいですね」

「俺も行って、気分が悪くなった」

「どうするのでしょう」

「ん」

「都もＪＩＰＡも場外市場に関しては公の発言をしていません」

「気になるか」

気にしているのは自分である。

――古い家屋が密集する場外市場は景観上も機能上も好ましくないとの判断から、ＪＩＰＡは場外市場の土地を買い取る方針を示しているのですが、交渉は進展しておらず、場外市場を残したまま再開発に着工するだろうと、関係者は読んでいます――

木村の話を聞いたときは興味を示さなかった。

築地市場の豊洲移転が確定的となったいま、残された利権の宝庫として築地場外商店街が刮目《かつもく》に値するのは明々白々である。

築地市場の移転計画と並行し、築地場外商店街の再開発も検討されていたのは容易に推察できるのだが、その闇の部分を照射するにはあまりにも時間がなさ過ぎる。

そう思ったからだが、きょうの津島の話を聞いて気持が動いた。

――最先端の技術、最新の機能と設備……日本経済界のすべてがあの場所に結集し、東京を世界に誇る情報発信都市にする――

あそこまで言いきる男が、昭和のにおいの残る地域を看過できるだろうか。

その疑念は時間が経つにつれ濃くなっていた。

「前知事が豊洲移転を公言したときから不動産業者による築地場外へのアプローチが始まっていると断言する記者もいます」

「根拠があっての話か」

「商店街の人たちの証言はちらほら得ても、それを裏づける物証はないそうです」

「土地や店舗を売却した者はおらんのやな」

「そのようです。しかし、くわしく調べてみる価値はあるでしょう」

「価値はあっても、時間がない」

加倉がため息をついた。諦めきれない顔をしている。

「俺が調べる」

「自分も商店街に取材をかけます」

「やめとけ。警戒されれば骨折り損の時間切れになる」

「しかし……」

加倉が言いかけてやめ、頬をふくらませた。

「永田町のほうから攻めてみろ。中山が頭の切れる男なら、都と中央区の意向を受け、商店街の人たちと話し合っているはずだ」

「わかりました」

加倉が素直に応じた。

鶴谷はゆっくり首をまわした。

まだ頭のなかは情報と推測が混在し、整理がつかない状態が続いている。


東和地所の杉江はひとりでいた。

早めに応接室で待っていたのか、お茶が減っている。

目が合うと、杉江が頰を弛めた。

「ラフな格好もお似合いですね」

「人間がラフやさかい」

鶴谷は笑顔で返し、杉江の前に腰かけた。

白のポロシャツに枯草色のコットンスーツ、濃茶のスニーカーを履いている。

「わたしはコットン党なのですが、職場ではそうもいかなくて」

「そんなことを言うたら上等のモヘアに失礼や」

杉江と会うのは三度目だが、いずれの日もモヘアのスーツを着ていた。

スーツを上手に着こなす男に接すると気分が落ち着く。仕事上の味方であれ敵であれ、形容し難い安心感がめばえるのだ。

けさ電話で面談を求めたのだが、杉江はとまどうふうもなく時刻を訊いた。

　その声音に杉江の気質と誠意を感じた。

　鶴谷は、お茶を運んできた女が去るのを待って口をひらいた。

「築地市場が移転したあとの土地はどうなる」

「東京都との交渉はＪＩＰＡがあたっています」

「条件付とはいえ、東京都は豊洲の土地の売買契約を済ませた。その時点で、築地跡地の売買に関する覚書か念書を交わしたと思うが」

「否定はしません。それで勘弁してください。地価評価額一兆五千億円の物件なのです。しかも、関係企業がＪＩＰＡに交渉を一任している。その後の土地分割も絡むデリケートなことなので、一企業の者がものを言える立場にありません」

「山菱不動産の津島も一企業の者やないか」

「たしかに……けれども、ＪＩＰＡの筆頭理事であるかぎり別人なのです。つけ加えますと、事業の基幹となる基礎設計の段階で口をはさめる企業はごくわずかです」

「ＪＩＰＡ役員どもの出身企業か」

「大雑把に言えばそうなります」

「一兆五千億円の土地に極上の上物が建って……完成したときになんぼの数字に化けるか、

想像もつかん。その途方もない利権を、選ばれし十数社が独占し、利権の分配をする。きのう、津島は、一世一代の晴れ舞台とぬかした」

「しあわせな人ですね」

杉江がさらりと言った。

鶴谷は声にして笑った。

杉江が怪訝《けげん》そうな顔を見せた。

「どうされました」

「俺も、おなじ台詞《せりふ》を吐いた。めでたい男と言い直したが……」

「あなたは頼もしい」

「虚勢や。見栄の張り合いで負けるわけにはいかん」

「ほかに、なにか話されましたか」

「買収されたわ」

「わたしが津島さんでも、そうします」

「あんたも、めでたいのう」

「決断したあとは、不沈艦でも泥舟でも笑って乗るようにしているのです」

「ふん」

鶴谷は鼻で笑い、話を続けた。

「きのうの山菱不動産との交渉で報告することはない」

「交渉の途中経過は話されないと、紹介者に聞いております」

「ほんまにないのや。攻める道具がない」

「それが事実としても、心配にはなりません。で、きょうのご用件は何でしょう」

杉江の顔が締まり、笑みが消えた。

「築地場外商店街はどうなってる」

「具体的におっしゃってください」

「一時期、ＪＩＰＡはあそこを買い取る方向で動いていたと聞いた」

「事実はすこし異なります。ＪＩＰＡの初期構想にあそこはふくまれていませんでした。築地場外は地理的にも面積でも魅力的な物件ですが、あそこは私有地で、ちいさな土地が複雑にくっついていて、一括交渉でなければとても……ＪＩＰＡは買収を示唆しましたが、あれは企業が動きやすいよう配慮してのことで、ＪＩＰＡが一手に交渉役を請け負うということではありませんでした」

「不動産業者と地主が個別で交渉していたわけか」

「現在も続いていると思います。我が社は築地場外を事業計画の対象からはずしたので、どういう状況にあるのか詳細を摑めていません。が、洩れ聞くところによれば、すでに土地売買の仮契約を済ませている商店もあるようです」

「手をつけてないとしても、築地市場に隣接する場外のことは気になるやろ。東和地所ほどの企業が詳細を摑めてないとは解せんな」

「ほんとうなのです。ご存知かと思いますが、ああいう商店が密集した地域での土地買収は隣家にも悟られないよう極秘に行なわなければ失敗します。交渉過程での条件等がすこしでも外部に洩れれば、同業他社の横槍が入りますし、近隣の商店もそれを自分に有利になるよう利用しようとする。きわめてむずかしい交渉なのです」

「築地場外がJIPA理事会の議題になったことは」

「この四年間……津島さんが筆頭理事に就いてからはありません」

杉江はすらすらと応えている。

築地市場に関することはすべて記憶しているのか。あるいは、言葉とは逆に、東和地所もしくは個人として築地場外に関心があるのか。

そのどちらかと思いながらも訊ねなかった。

依頼主といえども、自分の胸中を見せるわけにはいかない。見せるどころか、感じとられるようでは捌き屋としての資質を疑われる。ましてや、依頼主に交渉の材料や手法を教えるなど論外で、捌き屋失格である。

交渉の過程で知った事実は胸にかかえ、墓場へ持ってゆく。

それは交渉に勝利するのとおなじくらい大事なことで、鶴谷はそれを貫くことによって依頼主の信頼を得てきた。

お茶で間を空け、質問を変えた。

「東京都との交渉も津島が差配してるのか」

「東京都との間では、総合的、個別的、それぞれの事案とも、中村さんが筆頭理事だったころ充分に協議し、ほとんどが合意形成しています。今回のトラブルに関していえば、東京都が関与する余地はまったくありません」

「ＪＩＰＡ内の陣取り合戦に東京都は口をはさまん……そういう意味か」

「はい。過去の合意が反故にされない、という条件はつきますが。東京都との合意文書をご覧になりますか。ただし、機密性の高い文書なのでこの場での閲覧を願います」

「闇に存在する文書は俺も幾つか目にした。石橋都政時代の副知事と関東ガスが交わした豊洲の土地売買に関する覚書とか、豊洲市場の基本設計をどこの設計会社に委託するとか……そのての紙切れやろ」

「はい」

「必要が生じたときに見せてもらう」

鶴谷は無難に言葉を選んだ。

どれほど機密性が高かろうと、過去の文書に興味はない。山菱不動産はこれまでの経緯を知ったうえで、つまり約束事を遺棄する覚悟で、事業計画の変更を画策している。そんな敵に過去の文書を突きつけたところで嘲笑《ちょうしょう》されるのがオチである。

それでも、鶴谷は相手の誠意に対しては丁寧に対応する。それが他人への筋目で、自分がわがままに生きるためには大切なことだと信じている。

「ほかにご質問はありますか」

杉江がおだやかに言い、ちらっと腕時計を見た。

多忙の一時を割いてくれたのだろう。

「ひとつだけ、確認しておく。東和地所にとってＪＩＰＡはどんな存在や」

「我が社にとってどうということではありません」

「日本にとってとでも言いたいんか」

「はい。日本の経済界の要です」

「ＪＩＰＡが深手を負えばどうなる」

「経済界の、いえ、政界もふくめ、和と秩序が乱れるでしょう」

「………」

鶴谷は思わずくちびるを噛んだ。

あんたもか。

もうすこしで声になるところだった。

これまで幾度、依頼主から秩序という言葉を耳にしたことか。

いかに気質に魅力があろうと、才覚にあふれていようと、企業のなかで生きる者にとって、企業の倫理や利益がすべてに優先する。

だから鶴谷は、親しみを覚える企業人とも明確に一線を画してきた。

杉江が話を続ける。

「日本は良くも悪くも護送船団方式で成長を遂げてきたのです。バブル崩壊、リーマンショック、ＥＵ金融不安と、世界経済が不安定になるにつれ、船団の形は崩れてきていますが、それでも経済界が団結していられるのはＪＩＰＡのおかげなのです」

「ＪＩＰＡのダメージは容認できん……そういうことか」

「はい」

「胸に留めておくわ」

「ありがとうございます」

言ったあと、杉江が目元を弛めた。

「近いうちに遊んでください」

「ひと目を気にして遊んでもつまらんやろ」

「堂々と……銀座の真ん中で遊びましょう」

「いつでも声をかけてくれ」

「そうします」

杉江が先に立ち、ドアを開いた。

エレベータホールまでついて来た杉江は扉が閉まるまで頭《こうべ》を垂れていた。


東和地所本社ビルを出たところで、二人連れの片割れの男と目が合った。

なにがたのしいのか、にやけた顔をしている。

二人とも短髪でずんぐり。白のオープンシャツに紺のズボンと、俺たちは四課の刑事だと言わんばかりの顔つきと身なりである。

連中に尾行されているのは自宅を出た直後に気づいた。もっとも、連中は身を隠すそぶりも見せずに五、六メートル後方を尾いてきたので、監視というより、自分らがそばにいるぞと威しているようなものであった。

鶴谷は、すこし迷ったあと、大手町交差点にむかって歩きだした。

加倉が勤める東洋新聞社はその角地にある。

――三時に東和地所に行くが、そのあと会えるか――

電話でそう訊ねると、外出の予定がないのでおわったら連絡ください、と言われた。

刑事の監視つきではいかにもまずいと思ったが、その配慮は捨てた。菜衣の家を訪ねて訊問し、白岩光義の名も口にしたのだから加倉との縁も把握しているだろう。

交差点が近くなって、鶴谷は携帯電話を手にした。

視線をおとし、数字を押す。アドレス登録はせず、必要な番号は記憶している。

携帯電話を耳にあてようとしたとき、左肩に人がぶつかった。

「なんだ、てめえ」

どすの利いた声が響いた。

間近に四角い顔がある。こちらも二人連れの片割れだった。風貌はどこからどう見ても堅気とは思えない。とはいっても、やくざ者とは雰囲気が異なる。半グレと呼ばれる連中か。

端から喧嘩を仕掛けるような殺気を感じた。

近くを歩いていたOL風の三人連れが飛び跳ねるようにして距離を空けた。

男に左腕をとられた。

鶴谷はとっさに右手を伸ばし、男の手首をひねった。

五十手前とはいえ、腕力にはまだ自信がある。五歳から十八歳まで白岩と一緒に空手を習い、試合で負けるのは無敵の白岩だけだった。

「痛てて……なにしやがる」

男が大声をあげた。

直後に、違う声が聞えた。

「こらっ、なにをしてる」

背後の靴音がおおきくなった。

しまった。

そう思ったのと同時に、右腕を引っ張られた。

一七七センチ、七五キロの身体が浮きあがるほどの力だった。

そのまま路肩に引かれた。

「待て」

背後で怒鳴り声がした。

鶴谷は、路肩に停まるセダンの後部座席に押し込められた。

そのときはすでに、優信調査事務所の者とわかっていた。

車が急発進する。

リアウインドーを見た。鶴谷を車に乗せた男と二人の刑事が面を突き合わせ、ガラの悪い男たちの姿は消えていた。

「挑発に乗らないでください」

となりに座る五十年配の男が低い声で言った。

初顔の男は表情の乏しい顔をしている。上背はあるが身幅はさほどでもない。

「優信の者か」

「木村さんの元部下です」

「ほう」

思わず声が洩れた。

元と言うのだから現役の警察官、それも警視庁公安部の捜査員なのだろう。

「あそこに残った男もそうか」

「いいえ。彼は元四課で、いまは優信に勤めています」

「ご対面の二人連れも四課やな」

「はい。きのう、あなたが山菱不動産に乗り込まれたあと、見張りについたようです」

「おまえはいつから」

優信調査事務所の者を視認できなくても、自分の周辺にいるのは予測していた。いつのころからか、鶴谷が稼業に励んでいる間、調査員が警護につくようになった。

鶴谷には精神的な負荷になっているが、好きにさせている。やめさせれば木村が気を揉むことになると思うからだ。

「けさです。木村さんに頼まれました」

「初めてか」

「出張《でば》ったのは初めてです」

「つまり、木村はガラの悪い連中が動いているのを知った」

「……………」

男が首を傾けた。返答にこまったような顔になった。

「連中の素性は……四課とグルか」

「グルはないでしょう」

男が苦笑し、言葉をたした。

「くわしいことは木村さんにお聞きください」

「そうしよう。とにかく、助かった」

鶴谷は目で礼を言った。

男が顔をふる。

「アルバイトです。それに、木村さんにはちょっとばかり恩義があります」

鶴谷はそっぽをむいた。アルバイトも恩義も聞きたくない言葉だった。

「どちらへ」

「家に帰る」

即座に返した。

あらたな疑念のせいで集中力が散漫になりかけている。

加倉には自宅に帰って連絡することにした。


石畳を濡らす打ち水のせいで、下駄の音が湿っぽく聞える。

白岩は、露の天神社の境内《けいだい》に足を踏み入れた。曽根崎心中で有名な露の天神社は、お初天神と呼ばれ、地元の人々に親しまれている。

花房組本部事務所はお初天神の近くにある。

鈴を鳴らしたあと、花房組若頭の和田《わだ》に声をかけられた。

「東京のお人ですか」

「ん」

「東京から戻られてから、親分のため息を何度も耳にしています。それに、鈴を鳴らす手に力が入っているようにお見受けしました」

お初天神は縁結びの神として知られている。

「あほか。わいは、日本中のオナゴにふられてもへこみはせん」

和田が目尻をさげた。

長いつき合いになった。白岩が花房と親子盃を交わしたとき、和田は本部事務所の部屋頭として若衆らをしごき、束ねていた。白岩も三年間の部屋住み時代は毎日のように叱られ、数え切れないほどの鉄拳と膝蹴りを食らった。

おかげで、二代目花房組を継ぐさい、迷いなく和田を若頭に抜擢できた。

無骨者で、冗談のひとつも言えない男だったけれど、いまは親の白岩に意見を言い、しゃれにはしゃれで返せるようになった。

初めに口にした東京の人は女ではなく、友の鶴谷を指していたのだろうが、それでも、白岩の冗談に合わせたに違いなかった。

本部事務所とは反対方向へ歩き、蕎麦屋の暖簾《のれん》を潜《くぐ》った。

午後五時を過ぎたところで、久留米絣を着た三人の店員は夜の来客に備えて慌しく動き回っている。このあたりでは老舗で、人気の蕎麦屋である。

奥の小座敷にあがり、和田と向き合った。

ほかに客がいなくとも、白岩はめだたぬその席に座る。

生ビールに、黒埼茶豆と兵庫産の雑魚《じゃこ》の天ぷらを注文する。

ビールを運んできたのはTシャツにカーゴパンツ姿の、ポニーテールの娘だった。

「康代ちゃんは見るたびにかわいくなるわ」

和田の声に、鶴谷康代がわざとらしく拗ねて見せた。

「来年二十歳になるんやさかい、かわいいやのうて、きれいと言うて」

「ほんまや」

和田が五分刈りの頭に手をのせた。

康代が白岩を見た。

「おじさん、東京に行ったんやろ。ツルコウは元気してた」

語尾が元気にはねた。

ツルコウとは鶴谷康のことで、白岩と康代が使う符牒である。

「おう。あいつの心配はせんでええ。彼氏の話をしたら、康代ちゃんが結婚して、孫の顔を見るまで死ぬわけにはいかんと……真面目くさった顔でぬかしよった」

康代が首をかしげ、瞳を端に寄せた。

「うそくさいけど、信じるわ」

康代が踵《きびす》を返し、調理場に消えた。

グラスを合わせたあと、和田が真顔を見せた。

「鶴谷さん、なんぞ面倒をかかえてますのか」

「あいつの稼業に面倒はつきもんや」

「それにしても、おやっさんの心配顔……気になります」

「せんでええ」

「お手伝いをされますのやろ。若衆を東京に送りましょうか」

「あかん」

白岩は語気を強めた。

「今回は達磨《だるま》や。それがあいつのためになる」

「どういう意味ですの」

「桜田門の四課がわいの名をだして、威しをかけてきたそうな」

「親分らしくありません」

「ん」

「四課が何ですの。鶴谷さんは無二の友やないですか」

「そこまで言うんなら、おまえが花房組の三代目を継ぐと誓え」

「め、滅相もない」

和田の目の玉がこぼれおちそうになった。

白岩はグラスをあおった。

「鶴谷が捌く相手は、一筋縄ではいかん難敵や」

「それならなおのこと……」

「いらん神経を遣わせとうない」

「わかりました。けど、必要なときはいつでも命じてください。鶴谷さんは堅気とはいえ、先代も目にかけておられました。そんな方を見殺しにはできません」

「……」

どあほ。見殺しにするか。

怒鳴りかけた言葉をのんだ。

女将《おかみ》が茶豆と雑魚天を運んできたからだ。

「花房の親分さんにお変わりはありませんか」

「ああ。元気やで」

「そんならよろしいわ。ちかごろ、ご夫妻がお見えにならんさかい気にしてましてん」

「ことしは格別暑かったからな。涼しゅうなったらお連れするわ」

「たのしみにしてます」

「ああ。ザルを二枚ずつと天ぷらの盛り合わせ……冷酒をもらおうか」

康代の母親も気持が晴れる笑顔を残して去った。

和田が話しかける。

「先代の、つぎの治療はいつですの」

「来週の木、金曜……前日に上京し、ホテルに泊まられる」

普段は日時も曜日も無頓着なのだが、いまは頭にカレンダーがある。あと二週間は日を追うごとにイライラが募りそうな気がする。

「付き添われますのか」

「今回は好子《よしこ》にむりを頼むかもしれん」

北新地で花屋を営む入江《いりえ》好子とは二十七年の縁になる。白岩にも好子にも、その後の人生を激変させる出会いだった。

白岩が二十歳の夏のことである。

鶴谷との待ち合わせの場所に着いたとき、近くで若い女が三人のチンピラに絡まれているのを目撃し、助けに入った。その若い女が好子である。

——うちを抱いて。抱いてくれんかったら、死ぬ——

頰に深手を負った白岩が退院して三日目の夜、退院祝をさせてほしいと懇願され、好子のアパートに招かれた。食事のあと、好子は立ちあがってそう言い、服を脱いだ。

その夜をかぎりに白岩は好子に会うのをやめる決意をしたのだが、縁は切れなかった。好子は、勤めていた信用金庫を辞め、料亭の仲居、北新地のクラブホステスと職を替えたのだが、その世話を焼いたのが花房だった。花房も姐の愛子も好子を不憫に思い、白岩と一緒になるのを望んだのだが、白岩は頑なに拒んだ。根がおなじ疵を胸にかかえた者どうしが一緒になる不安をどうしても拭えなかった。

やがて好子はクラブの客の不動産業者と結婚して一児を儲けたのだが、亭主は会社経営に失敗したあげく、好子やひとり息子に暴力をふるうようになった。悩んだ好子は花房を頼り、亭主との縁を切った。

それから半年が経って、白岩は花房夫妻からそういう事実を知らされた。

好子に花屋を持たせたあとは、つかず離れずそばにいる。

「これまではおやっさんが付き添われて……先代が変に思うかもしれません」

「心配いらん。お二人は好子を実の娘のようにかわいがっとる」

蕎麦が運ばれてきたので話はおわった。

いつの間にか、店は賑わっていた。

ストレッチ器具で汗を流し、水のシャワーを浴びた。

蕎麦屋を出たあと、曽根崎のワインバーで時間を潰して北新地にくりだしたのだが、女たちとの会話は弾まず、一時間も遊ばないうちに切りあげて帰宅した。

白岩の家は堂島川と土佐堀川にはさまれたマンションの十五階にある。

スコッチの水割りを手に、ベランダのパイプ椅子に腰かけた。

風が重たい。せっかく冷ました肌に汗がにじみそうだ。

それでも、闇に身を置きたかった。

頭上を黒雲が流れ、眼下には二本の黒い川がある。堂島川にうかぶ北新地のネオンが面倒そうにゆれている。

退屈というより、億劫な街の夜景だ。

――しばしのお別れや――

あの言葉を撤回したい。

――つまらん男になったのう――

鶴谷を叱咤する言葉が我が身にはね返っている。

警視庁の威しに屈し、尻尾《しっぽ》を巻いて大阪に逃げ帰ったんか。

嘲《あざけ》る別の自分がいる。

暴力団対策法がよりきびしく改正され、他愛のないうそでも逮捕される時世に、自分が東京にいるだけでも鶴谷の稼業に悪影響を及ぼすと頭ではわかっていても、たったひとりの友を支え切れないのかと、歯軋《はぎし》りしたくなる。

己の胆は何のために鍛えているのか。

自問しても答えは見つからず、幾度、姐に会おうと思ったことか。

しかし、姐に悩みを打ち明けるのは親不孝をするに等しい。小康状態とはいえ、花房は厄介ながんと闘っているのだ。花房夫妻に心配をかけるわけにはいかない。

鶴谷の仕事を手伝わなくても、東京にいれば神経がざわつくこともないだろうが、だがしかし、鶴谷に会って愚痴のひとつも聞いてやりたくなる。

それができないのがもどかしい。警察は愚痴を謀議に変えてしまうだろう。

五分も経っていないのにグラスの氷がちいさくなった。

白岩はひと息に空け、室内に戻った。

オンザロックにした。

咽につめたい感触が走る。

煙草を喫いつけたとき、携帯電話が鳴った。

午後十一時を過ぎている。

パネルで相手を確認し、耳にあてた。

《木村です。いま、よろしいですか》

落ち着きのある声だった。

そんなことでも安堵する。

「ああ。警察の動き、わかったんか」

《はい。その前に……きょう、ちょっとした騒動がありまして……じつは、それをあなたに報告するべきかどうか迷いまして……》

「まわりくどいわ」

白岩は声を荒らげた。木村の歯切れの悪いもの言いが癇《かん》にさわった。普段ならあり得ないことだが、帰阪してからは些細なことにも神経が反応するようになった。

息をぬく音のあと、木村の声が届いた。

《すみません。きょうの昼、あの人がチンピラに絡まれました。そのとき、あの人を見張っていた四課の刑事が寄って来て……まずいと判断した部下があの人を攫《さら》うようにして車に押し込み、難を逃れました》

「鶴谷はチンピラに手をだしたんか」
《腕をとられ、反射的に手をだしたようです》
「刑事とは」
《面倒には至っていません。事件として捜査することもありません》
木村の声には力があった。心配させまいとの意識が働いたのだろう。
「あいつには刑事が張りついとるんか」
《単なる見張りです。そうすることで、あの人にプレッシャーをかけたいのでしょう》
「それが桜田門の狙いと受け取ってええのやな」
《かまいません》
「それなら、チンピラが絡んだことはどう解説する」
《現場にいた刑事とチンピラとの接点は調査中ですが、桜田門は関与していないと思われます。そうする理由がありません》
「警察利権を護るという名分があるやろ」
《築地市場の跡地に関していえば、東和地所と山菱不動産のどちらが再開発事業の主導権を握ろうと関係ありません。欲の質や量はともかく、警視庁、ひいては警察組織にもたらされる利権は、警視庁を所管する東京都が護ります》

「………」

声にはしないが、納得した。

警察が危険を冒してまで一介の捌き屋に執着する理由は見あたらない。闇に生きる者を逮捕し、闇を照射すれば、乱反射して警察利権があからさまになる恐れがある。

鶴谷を潰したければ闇に葬るしかないのだ。

自分が連動しないかぎり鶴谷は無事という思いは確信としてある。

だから、神経がゆがみながらも我慢できている。

《チンピラは、いわゆる半グレ集団の一味です》

「どこかの組織とつながってるんか」

《現在のところ、不明です。連中は、集団で活動したり、個人で動いたり……カネになることは何でもやります》

「依頼主がおると読んでるわけか」

《おそらく》

「山菱不動産か」

《そう読むのが自然です。ただし、推測の域をでません。山菱不動産の直接的関与もないと思います。子会社の線も薄く、チンピラを雇ったとすれば、下請会社か、汚れ仕事をやらせ

ているちいさな組織でしょう》
「特定できるか」
《全力を挙げています》
「そのことを鶴谷に報告したか」
《いいえ。推測の段階で話すのはためらいがあります》
白岩は口をまるめて息を飛ばした。
「東京で頼んだ件やが、二課の持田と四課の森山も桜田門の指示で動いたんか」
《桜田門というより公安部で、持田と森山はそれぞれ脛《すね》に疵があり、その疵のせいで公安部の情報屋にさせられたと思います。ちなみに、あの人を見張っているのは四課の森山の息のかかった部下です》
「公安部がなんで……」
《東京都がＪＩＰＡ内の騒動を嫌ったのかもしれません。公安部は、通常任務のほかに、政府や東京都の意向で動くことも多いのです》
「くだらん連中やのう」
《すみません》
「公安部やない。私利私欲のために公僕を使う連中や」

公安部出身の木村を気遣った。
《白岩さん》
「改まって、なんや」
《動かないでください。そのためにこうして報告しているのです》
「わかっとる」
白岩は邪険に言った。
木村の配慮には感謝するが、東京での状況を知れば知るほど苛立ちは募るだろう。

ANNインターコンチネンタルホテルの中華料理店の個室に案内された。

円形テーブルの手前に恰幅のいい男がひとりで座っていた。

松島《まつしま》組社長の水原智之《みずはらともゆき》に会うのは三年ぶりである。

水原は笑顔で迎え、鶴谷に上座を勧めた。

「個室で野郎二人が……様にならんわ」

雑なもの言いにも水原は笑顔を崩さなかった。

三年前、当時は専務の水原に仕事を依頼された。神奈川県の下水処理場建設を巡るトラブルで、松島組は基本設計を担当する日本都市設計から事業参加の内定を得ていたにもかかわらず一方的に取り消され、それを不服として鶴谷を頼ったのだった。

「あの折は、お世話になりました」

水原の表情と口調は三年前と比べてずいぶんやわらかくなっていた。

「おかげさまで、社長になれました」

「きょうはそのお礼か」

鶴谷はさらりと言った。

そんなわけはない。水原が社長に就いたのは二年前で、それも風のうわさで知った。

「いじわるを言わないでください。わたし個人としてはあなたとおつき合いをしたかったのですが……あなたの忠告を肝に銘じて、接触を控えていたのです」

水原に言った言葉は覚えている。

――俺は依頼者といえども信用してへん。それに、いつ敵になるかもしれん――

あのときの水原の返答も記憶にある。

――敵になったらぜひ、わたしを交渉相手に指名してくれ――

当時の水原の建設業界内での評価は、やり手と粗暴が相半ばしていた。

「きょうは敵役というわけか」

「敵にこんな場は用意しません。さあ、とりあえず再会を祝しましょう」

水原がビアグラスを手にした。

鶴谷は、グラスを合わさず、軽くかかげた。

四種前菜と点心の盛り合わせが運ばれてきた。

この店は広東料理を中心に中国各地方の味を取り入れた、全体としてさっぱりした味付けなので鶴谷の舌に合う。白岩も上京するたびに利用している。

生臭い話をしながらでは料理に失礼なので、世間話をしながら食べた。

水原も心得ているのだろう。最後の料理の麻婆豆腐のあんかけ焼飯を食べおえるまでは用件らしきことを口にしなかった。

水原が箸を置き、すこし背筋を伸ばした。

「きょうはお節介を焼きたくなって、あなたにご連絡申しあげた」

「あんたの一存と……そう前置きしたいのか」

水原が顔の前で手のひらをふった。

「あなたを相手にまわりくどいまねはしません。ですが、一存なのは事実です」

「松島組はＪＩＰＡに加盟してるな」

「ＪＩＰＡ設立時から……しかし、我が社の者が理事に就いたことは一度もない」

水原が首をすくめた。

中堅ゼネコンの松島組でもＪＩＰＡでは格下扱いされているのだ。

そう思うと、水原の一存がほんとうのように思えてきた。東和地所と山菱不動産のどちらについても松島組の利益に大差はないように思う。むしろ、ＪＩＰＡ上層部の利権争いを傍観し、決着がついたところで勝ち馬に乗るほうが賢明ともいえる。

それでも疑念が声になる。

「どっちに近い」

「山菱不動産ですね」

水原があっさり言った。

「ここ数年の、山菱の躍進ぶりは目を見張るものがあります。企業の実績や格では東和も互角なのですが、経営戦略の面で遅れをとっている感は否めません」

「東和ともつき合いはあるのだろう」

「もちろんです。わたしが入社したころの松島組は東和一辺倒で、東和に引っ張られるようにしてバブルの只中を駆け回りました。そのせいもあるのでしょう、個人的には東和の社風が好きで、いまも親しくしている方が何人かいます」

専務の杉江もそのひとりか。

その言葉は胸に沈めた。

「松島は築地利権に絡んでいるのか」

「とても……国や地方の公共事業であれば一次利権に絡む実績はありますが、民間の、それもあの規模では、手も足もでません」

「それなのにどうして、俺に会った」

「多少の下心はありますよ」

水原の目が悪戯っぽく笑った。

「お聞きになりたいですか」

「いらん。下心より、本音や」

「やっぱりあなたは真っ直ぐな人だ。外連《けれん》たっぷりのようで、まったくない」

「はっきり、あほと言うたらどうや」

「あほではないが、いまどきめずらしいのは確かですね」

「ふん」

鶴谷は顎をしゃくり、紹興酒のグラスをあおった。

ウエイトレスが空皿をさげる。

水原がデザートのココナッツミルクを杏仁豆腐に変更した。

「あなたは」

「どっちもいらん。それより、時間は大丈夫か」

「ええ。この部屋は二時間とってありますが、場所を変えましょうか」

「面倒や」

鶴谷はそっけなく言い、ウエイトレスにスコッチの水割りを頼んだ。

「俺が東和地所の依頼を請けたのを誰に聞いた」

「山菱の津島専務です。おととい、業界のパーティーに顔をだしたさい彼に声をかけられ、ラウンジで呑んだ」

水原の言葉遣いが三年前のそれに戻った。アルコールのせいではないだろう。組織のトップに立とうが、箔をつけようが、個の本質は変わりようがない。

「津島は、俺が松島組の仕事をしたのを知っていたのか」

「人の口に戸は立てられない。企業人の間で酒の肴になるくらい、あなたのうわさはひろまっている。仕方ないだろう。それほどの実績を残してきた」

「なにを訊かれた」

「あなたがどうやって日本都市設計を攻略したのかと……もちろん、話さなかった。話しようがない。あなたがどうやって攻略したか……なにも教えられなかった」

「それならどうしてお節介を焼く」

「津島専務があなたをあまく見ているように感じて、鶴谷康という男を見くびらないほうがいいと……つい、お節介を焼いてしまった。で、片手落ちは我が社の恩人に申し訳がないと思い、あなたに声をかけた」

「俺の交渉相手は別人や」

「総合企画部の部長、保利光史だね」

「……」

「保利は津島の子飼いの筆頭格で、近々、JIPAの事務長代理に就くといううわさも耳にしている。津島専務直々でないのなら、ほかは考えられない」

「……」

鶴谷は無言で水割りを呑んだ。

どんなに有益な情報を頂戴しようと、仕事の話はいっさい教えない。

それをわかっているので、水原も表情を変えることはなかった。

鶴谷は、煙草を喫ってから口をひらいた。

「俺へのお節介の中身は何や」

「津島には、もうひとり、腹心と呼べる男がいる」

「社内にか」

水原が首をふった。

「神山建設の赤城《あかぎ》勝利《かつとし》……総務担当の常務だ」

「……………」

初めて耳にする名前だった。木村の情報からも洩れている。

わずかな動揺が顔にでたのか、水原が目を細めた。

「業界内でさえ、津島と赤城の関係を知る者はごくわずかしかいない」

「裏か……津島は、表の保利、裏の赤城を使い分けている。つまり、赤城は津島の指示を受けて、山菱不動産の汚れ仕事をしている」

「そのとおり。神山建設は我が社とおなじ準ゼネコンだが、山菱の庇護を受けて経営が成り立っている」

鶴谷は、あることを思いつき、にんまりした。

水原が顔を寄せた。かつて見たタヌキ面になっている。

「なにか」

「期待するな」

「はあ」

「来年春に、ＪＩＰＡの役員改選があるそうやな」

「……」

　水原がくちびるを曲げた。

「おなじ準ゼネコン……業績では肩をならべている神山建設がＪＩＰＡでは上にいるのがおもしろくない。だからあんたは、自分が社長でいる間にＪＩＰＡ理事の座を摑みたい。俺に期待して……そういう思惑か」

「参った」

　水原が表情を弛め、すぐに引き締めた。

「さすがに鋭い。で、手応えは……訊くだけむだか」

「協力する気はあるのか」

「気持はあるが、連携はできん。我が社のトラブルならともかく、東和と山菱の権力争いにクビを突っ込み、リスクを負うわけにはいかない」

「わかった」

　鶴谷は空けたグラスをトンとテーブルに置いた。

「勝負処で情報が必要なときは連絡をくれてかまわない」

「勝算のめどが立てばという意味か」

　返答の代わりに、水原が目を光らせた。

「あいかわらずのしっかり者やな」

鶴谷は言い置き、席を立った。


ホテルの喫煙所で時間を潰し、十五分経って地下駐車場へむかった。

アルファードに乗り込む。

木村が話しかけた。

「なにか飲まれますか」

「水をくれ」

鶴谷はソファにもたれ、息をついた。

そういう世界に身を置いているとはいえ、人の欲にふれるたび精神がいびつになる。発作予防の薬を服まずに済んだのは水原に好意も感じたからである。

車が路上に出た。

「静かな場所へ行きますか」

木村は鶴谷の持病を知っている。

「気にするな。首都高速を走れ」

木村が運転手に指示し、視線を戻した。

「どなたかと会われていたのですか」

「松島組の水原から食事に誘われた」

「ほう」

木村は目をまるくしたが、それ以上の質問はしなかった。

鶴谷は紙コップの水を飲み干し、煙草をくわえた。

その間に、木村がA四判の用紙をテーブルに載せた。

鶴谷の家にファックスで届いているものとおなじだが、書き込みがある。

「津島は、火、水、木と三夜連続の会食でした。火曜の料亭と水曜の中華料理店には数日前に予約が入っていたので、あなたが山菱不動産を訪ねたあとに行動をおこしたということではないようです。木曜のきのうは民和党の中山と鮨屋に行きましたが、中山が銀座のホステスを連れていたそうで、なごやかな雰囲気だったとの報告を受けています」

鶴谷は頷いて返した。

きのうの午前零時すぎに菜衣からメールが届いた。

――十一時過ぎ、津島がひとりでお店に来た。なにかイライラしている感じ。誘われたので、お店の子を連れて六本木に行ってきます――

菜衣のほうから誘ったのではないかと思い、むりはするな、と返信を送った。

その後のことは今夜か明日に聞くつもりでいる。

「中山と正木ですが……陳情、視察、会食とスケジュールどおりにこなしています」

「パーティーに山菱不動産の関係者が出席してたか」

きのう、中央区のシティホテルで『築地の未来を考える会』の発起人が主催するパーティーが開かれた。参加者は三百十五名で国会閉会中にもかかわらず七十四名の議員が出席したという。東京でのオリンピック開催決定のうかれ気分が相乗し、政界や財界の連中には東京がダイヤモンドの街に見えるのだろう。その真ん中に築地利権が在る。

「社長が執行役員と秘書を連れて顔を見せましたが、誰彼に挨拶をし、三十分ほどで会場をあとにしたそうです」

「総合企画部の保利はなにをしてた」

「ご報告のとおり、火曜はホテルの客室に三時間滞在し……残念ながら、一緒にいた相手はいまだに特定できていませんが……水曜は部下三人と食事をしたあと神田のカラオケバーで終電近くまで遊んでいました。きのうは午後九時まで残業して帰宅……監視している四人はいずれも気になる動きを見せません」

「まだ三日や」

鶴谷はそっけなく返した。

今回の監視は空振りにおわりそうな予感がある。

「津島はどういう人物なのですか」

「ん」

「電話でお話ししたとき、津島はあなたの経歴を知っているようだと……それなのに、津島と、彼に近い者たちに動じる様子はなく、見張っている調査員たちは緊張感のなさに困惑しているようです。察するに、津島の存在がおおきいのかと……」

「人ではないかもしれん」

鶴谷は独り言のように言い、視線を窓にむけた。

津島の表情や口ぶりににじむ余裕は、これまで相手にした誰とも違うように思う。

人は自信の裏側に不安を隠しているものだが、どうゆさぶりをかけても津島からはそれをまったく窺えなかった。己への自信は別として、たとえ全幅の信頼を寄せていようと、手足となる者たちも人間だから油断や隙が生じるとの危惧を完全には払拭できないはずなのに、それさえ微塵《みじん》も感じさせなかった。

――たいした自信や。活殺自在というわけか――

あれは感じたままを口にしたのだった。

「鶴谷さん」

強い声がして、視線を戻した。

木村に名を呼ばれたのはずいぶんひさしぶりのような気がした。

東洋新聞社の加倉と違い、木村は冷静沈着で、滅多に感情を露出しない。

その木村の目が熱を帯びていた。

「自分は信頼されていないのですか」

「感謝してる」

「そんな言葉は要りません。充分すぎる報酬をいただいています」

絡むようなもの言いだった。

それが木村の苦悩の裏返しのように感じるのは自分が不安をかかえているせいか。

鶴谷は凄むように木村を見据えた。

「なにが不満や」

「どうして、東和地所を出た直後の事を訊かれないのですか」

「なんで先に報告せんのや」

木村の目がわずかにゆれた。

しかし、鶴谷は二の句を放たなかった。口にすれば不安が増えると思ったからだ。

木村が水を飲んでから口をひらいた。

「あなたに因縁をつけたのは六本木を根城にする半グレ集団に属していました。ただ、連中は、カネになるのなら個人でも動くので、いま背景をさぐっています」

「俺を見張ってる刑事とのつながりは」

「調査中です」

「刑事はどこの部署や」

「公安組織犯罪対策四課です」

「俺を車に押し込め、刑事らと面を突き合わせた男は元同僚というわけか」

「そうです」

「で、四課の狙いは」

「東京都が公安部に指示し、公安部が情報屋の持田と森山を動かした。あなたを見張っていたのは森山の子飼いです。東京都はＪＩＰＡ内の騒動を危惧し、あなたの自由を奪おうとしているのだと思います」

「オリンピック開催が決まって、東京都は神経質になってるのか」

「東京都はこれから先、オリンピック利権に関する情報の管理を徹底するでしょう。そんな折に築地利権が騒動になれば、都民、国民の不信と反感を買います」

「で、俺と半グレを喧嘩させ、適当な罪状をつけて留置所に閉じ込めることで時間を稼ごうとした……そういう魂胆か」

「おそらく。ただし、先ほどもお話ししたとおり、四課の刑事と半グレ連中がつるんで行動したとは断定できていません」

「……」

鶴谷は口をつぐんだ。

質問をかさねれば、菜衣の部屋を訪ねた刑事らとの接点も知りたくなる。木村には稼業の依頼のほかで神経を遣わせたくないという思いはいまも強くある。

鶴谷は煙草をふかしたあと、話題を変えた。

「早急に調べてもらいたい男がいる」

「誰ですか」

木村がペンを手にした。

「神山建設の常務、赤城勝利や。経歴と人脈……それと、二十四時間体制での監視をつけろ。優信以外の者を使え」

「なぜ他所《よそ》の者を……」

「言うまでもないやろ」

「やはり信頼されて……」

「くだらんことをぬかすな」

鶴谷は声を荒らげた。

「リスクは極力避ける。あたりまえのことやないか」

「わかりました」

木村がきっぱりと応えた。

しかし、不満か、反発か、木村の目の熱になにかがまじったように感じた。


靴音のしない深紅のカーペットを歩いて奥の一室に案内された。

虎ノ門のオフィスビルに着いたところだ。そのビルの五、六、七階の全フロアをＪＩＰＡ本部が占めており、七階が役員室と応接室、会議室に充てられている。

ドアのむこうはグレイのカーペットだった。三十平米ほどの応接室の中央にワインレッドのテーブルを囲むようにして、二人掛けと一人掛けの黒革のソファがある。右の壁に五十号の油絵が掛かり、左にはテーブルとおなじ材質と色のサイドボードがある。

絵画を背にした津島が座ったまま迎えた。

鶴谷は、ゆっくり室内を見渡してから津島の正面に腰をおろした。

「物好きな方ですね」

津島が言った。

「わざわざＪＩＰＡ本部を指定して面談を求められるとは……まあ、何事も自分の目で見なければ気が済まないのはわたしもおなじですが」

「俺は他人まかせや。他人の目と耳に支えられてる」

「それでは……」

津島がすこし身を乗りだした。

「しくじったときに後悔するでしょう」

「後悔……したことないわ。したかもしれんが、まばたきしたら忘れてる」

「うらやましい」

津島が目で笑い、姿勢を戻した。

「わたしは、日々後悔です。それで、あかるいあしたがある」

「俺には、あしたがあるかどうかもわからん」

津島が呆れたように目をまるくし、やがて笑みをうかべた。

ノックの音がして、女がお茶を運んできた。

受付の女と違って、私服だった。ダークグレイのスーツを隙なく着て、淡いピンクのタンクトップが覗く胸元には小粒のダイヤが光っている。

「いらっしゃいませ」

浅く腰を折る女と視線が合った。

さぐるような目の光だった。

だが、それはほんの一瞬で、女の目元に微笑が走った。

「秘書の松下久美だ」

津島の声がした。

「うらやましい」

鶴谷は久美を見たまま言った。

久美が首をかしげる仕種を見せて去った。

「この部屋はあんた専用の応接室か」

「となりに執務室がある」

「その席で……」

鶴谷は顎をしゃくった。

「前の筆頭理事の中村八念が殺されたのか」

「まさか……」

不快そうな声音ではなかった。

「わたしはおなじ部屋でも構わなかったのだが、来客の皆さんに配慮して、会議室のひとつを潰してもらい、わたしの部屋にした」

「中村はどんな男だった」

「怪物だね」

津島が即座に応えた。

「戦後一貫して日本経済を引っ張ってきたＪＩＰＡを私物化した唯一の人だ。独断専行……そんな言葉があてはまる企業人はもうあらわれないだろう。洞察力が鋭く、決断力に優れ……他方、排他的で、敵と見るや血も涙もなくばっさり斬り捨てる。ＪＩＰＡにかぎらず、経済界には、彼の熱烈な信奉者と、憎悪を剝きだしにする者がいたと思う」

「あんたは後者か」

「冷や飯を食わされたクチだよ。ライバル企業だから仕方ない。それでも、わたし個人としては、あの人が好きだった。共感できるところも、見習うところもたくさんあった。おかげで、いまはこの部屋にいる」

「旧中村派を一掃するために、担ぎあげられたと聞いたが」

「反中村派は大勢いた。そのなかからわたしが筆頭理事に推され、総会では満場一致の同意を得た。それだけの自力を備えていたということだ」

「冷や飯を食わされていても自力はつくのか」

「わたしは、山の裾野で指をくわえて山頂を眺めていたわけではない。山頂の見晴らしはいいが、下からしか見えないものもある」

「なるほど。勉強になったわ」

鶴谷は、両手で太股《ふともも》を打ち、立ちあがるそぶりを見せた。

津島が怪訝そうな顔をした。

「もうお帰りになられるのですか」

「ああ」

「話し合うためにお見えになったのでは……」

「見学や。日本を動かす組織とはどんなものか、この目で見たかった」

「秘書に本部内をご案内させましょうか」

「いらん。ＪＩＰＡの顔のあんたと差しで話せた。充分や」

「なにか、攻略の糸口でも見つけられましたか」

もの言いはやわらかいが、眼光が鋭くなった。

「いずれわかる」

鶴谷は言い置き、腰をあげた。

津島は座ったままだった。

第三章　移木の信

会うたびに、加倉の面構えは精悍さを取り戻している。一七〇センチに満たない身体はおおきく見え、熱気を放射しているようにも感じる。

術後の回復が著しいのか、鶴谷の依頼を請けて気が張っているのか。いずれにしても、鶴谷は手綱《たづな》を弛めるつもりはない。

加倉には唯一の肉親の、妹の美和がいる。彼女は交通事故で脊髄を損傷し、渡米しての二度目の手術で歩行できるまでに回復したとはいえ、まだ社会復帰には至っていない。加倉は取って代わる人材がいないほどの存在だが、それ以上に、美和を悲しませたくない。

――お兄ちゃんが……病院に運ばれました――

美和と話したのはそれが初めてで、加倉の携帯電話で連絡をよこしたのだった。

鶴谷が病院に駆けつけると、ＩＣＵのガラス窓にむかい、胸の前で両手を握り合わせる女がいた。その手だけではなく、ショートヘアも肩も小刻みにふるえていた。

――自分になにかあったときはあなたに連絡しなさいと言われていました――

鶴谷が名乗ると美和はそう言い、すこし表情を弛めた。笑顔にはほど遠かったけれど、美和の悲しそうな目に安堵の色がまじったように見えた。

その瞬間、鶴谷は救われた気持になった。

加倉を己の仕事に取り込んだのは能力を見込んでのことだったが、すんなり口説きおとせたのは加倉に逼迫した事情があったからだ。美和がおこした交通事故では同乗していた両親と、はねた少女が死亡した。

当時の加倉は、損害賠償と妹の手術費用で数千万円が必要だった。

妹の不幸を利用した。

人の弱みにつけ入るのは敵対する相手にかぎったことではなく、己の仕事に活かせる人材と判断すれば手段を選ばず意志を貫いてきた。

それが捌き屋として生きる術《すべ》なのだ。

わりきっていても、そうするたび胸に疵を刻んできた。

美和と会わなければ古疵にふれることもなかったかもしれないが、いまはＩＣＵの前で祈る美和の姿が脳裡にある。

加倉がソファに寛ぎ、香りを楽しむようにコーヒーを飲んでいる。

土曜日の午前十一時になるところだ。

「いつ飲んでもここのコーヒーはおいしいですね」

めざめてすぐ一杯の水を飲み、コーヒーを淹《い》れる。豆は菜衣からのお裾分けで、豆の種類は知らない。コーヒーとお茶の淹れ方は菜衣に教えてもらった。

コーヒーと煙草で三十分ほどぼんやり過ごしたあと、朝風呂を浴びて一日が始まる。

鶴谷は、煙草をふかしてから訊いた。

「おもしろい話とはなんや」

昨夜遅く、加倉から電話があった。

――これから会えますか。おもしろい話を拾いました――

鶴谷には先約があったので、あす自宅に来い、と返したのだった。

加倉がカップをテーブルに置いた。

「築地場外商店街の老舗が売買の仮契約を結んだとの情報があります。他社の記者からの情報ですが、本人はかなり信憑性が高いと捉えているようです」

「店の名は」

「山本徳次郎《やまもととくじろう》商店です。山徳は江戸末期から続く老舗の佃煮屋《つくだにや》で、蒲鉾《かまぼこ》や乾物なども販売しており、築地場外商店街では大店《おおだな》のひとつです」

「知ってる。アサリの佃煮はなかなかの味や」

鶴谷は平静を装って言った。ほんとうは山徳の名を聞いて、心臓がぴくりとはねた。数時間前に耳にしたからだが、いまは話の腰を折る場面ではない。

「関西人のあなたの舌にも合いますか」

「鰻と天ぷらと佃煮は江戸前のほうが好みや。それより、くわしく話せ」

「その記者は民和党の東京都連に出入りし、都政にあかるい。東京都議選直前に行なわれた民和党都連のパーティーでのことですが、彼が衆議院議員の中山のそばにいるとき、山徳の専務が上機嫌で中山に挨拶し、おかげさまで順調に交渉が進んでいると……中山の秘書が慌てて間に入り、山徳の専務を輪の外に連れ出したそうです」

「それでピンと来たのか」

「勘のいい男で……それに、都庁担当なので築地問題には関心が高かったのです」

「どこまで調べた」

「山徳と、山徳とつき合いのある関係者に取材し、山徳に接触する者がいるという複数の証言を得て、取材を続けたそうです。残念ながら、当然と言えば当然ですが、取材の詳細までは教えてもらえませんでした」

「そいつは記事にする気か」

「どうでしょう」

加倉が首を傾けた。

「確証を得たとしても、上の連中の許可がおりるかどうか……」

「圧力を恐れてか」

「先日話した放火の件もそうですが、東京都は築地に関する事案には敏感で、おまけにオリンピックの東京開催が決まり、報道規制はさらにきびしくなると思われます。原発、巨大地震、それに築地はタブーになるかもしれません」

「高揚感に水を差すなと」

「とくに、三十年以内におきると想定される巨大地震には過敏になるでしょう。築地も豊洲もそうですが、オリンピック関連施設の予定地は湾岸に集中しています」

「話を戻す。山徳に接触している者は特定できたのか」

「社名は教えてくれませんでしたが、ちいさな設計会社だと……」

「地上げ屋か」

地上げ屋とは建設用地を確保するために地主や賃貸居住者と交渉する者をいうが、バブル最盛期に暗躍した地上げ屋はおおきく分けて二つのタイプが存在した。都市整備計画など公共事業を専門にする者と、土地の大小にかかわらず買い漁《あさ》り、それをまとめて転売し、粗利を稼ぐ連中である。前者は、建設業者の下請業者や関連企業がかかわり、後者は不動産業者や一匹狼の交渉人で、彼らの大半は暴力団と深くつながっていた。

地上げ屋が悪意をこめて称されるようになったのはバブル期に後者が出現し、暴力や脅迫など手段を選ばず土地の取得に狂奔したからである。

「交渉にあたっているのは資金面で融通が利き、行政との交渉能力がある企業の意を受けた者に限定できると思います。築地場外は築地市場に次ぐ利権の宝庫です。地元民もそれは理解している。現況保存が困難な状況になろうと、安売りはしないでしょう。土地売買の金額のほか、移転先の保障を求めているものと思われます」

「山徳でいえば、どういう保障になる」

「工場の用地確保、卸売や小売に適した店舗の提供……豊洲に新市場ができれば、その一等地とか、場外商店街の跡地に商業ビルができたさいには店舗として有利なエリアを優先提供してもらうとか……交渉にはいろいろな条件がついたはずです」

鶴谷はソファにもたれて煙草をくわえた。

加倉の話にのめり込んでいるのに気づき、間を空けたくなった。

のめり込んだのは昨夜の菜衣とのやりとりが頭に残っていたからである。


カードキーで扉を開け、階段を下りた。

丸の内のＢｂａｒは午前零時で扉が閉まるので、それ以降は、インターホンで来店を告げるか、店が常連客に用意したカードキーを使うことになる。

鶴谷は、しばらく使わないという白岩光義にカードキーを渡されたのだった。

「こんな素敵なお店、誰と来てるの」

カウンターに座った菜衣が瞳を端に寄せた。

怒っても拗ねてもいないのはわかる。

「友や」

「へえ」

菜衣が目をまるくした。

「なんでおどろくねん」

「この店の風景になじむやくざなんて……いつか会わせてね」

「会わせてもええけど、本人の前でやくざとは言うな」

「そうか。関西のほうは極道……やくざと言われるのが嫌いなのよね」

鶴谷はスコッチのオンザロックを、菜衣は烏龍茶を注文した。

「おいしい」

ひと口飲んだ菜衣が声を発した。

「こくがあって、香りも豊かで……」

バーテンダーが細長いボトルを手に説明を始めた。静岡で製造され、生産量がすくないためごく一部の店でしか店頭販売されていないという。

菜衣はチョコとフルーツも注文した。

鶴谷は、菜衣に顔をむけた。

「おとといは遅かったようやな」

「六本木で四時まで……あんなに長くつき合ったのは初めてだわ」

「津島はずっと機嫌が悪かったんか」

菜衣が首をふった。顔には自信に満ちた余裕がある。

「うちのお店を出るまでのことよ」

「イライラの理由を聞いたか」

「ええ。咽元過ぎると何とやらで、政治家はすぐ調子に乗ってうかれると……津島は誰とは言わなかったけど、きのうの友だちの電話で民和党の中山だとわかった」

「友だち……クラブ・Aの女か」

銀座には情報網が張り巡らされており、誰それがどこの店で遊んでいるという情報がリアルタイムでわかる。もっともそれはネットワークを持つ店や女たちにかぎり、あの店は繁盛していいるとか、いまはあの子が売れているとかの情報を共有している。菜衣は銀座で屈指のネットワークを有している。

しかし、菜衣のネットワークからクラブ・Aがうかんだのではなかった。

――午後六時二十五分、ひとりで銀座五丁目の鮨屋・臼井に入る。

同九時十七分、民和党の中山と共に鮨屋・臼井を出る。

同九時二十四分、中山と共に銀座八丁目のクラブ・Aに入る。

同十時五十八分、ひとりでクラブ・Aを出る。

同十一時三分、ひとりでクラブ・菜花に入る。

津島の監視日報の一部で、その前後もくわしく記されていた。中山の監視日報にも符合する記述があった。クラブ・Aの文字を見て白岩のはしゃぐ姿が目にうかんだが、それは一瞬で消した。何事にも動じないために偶然も必然と思うようにしている。

「そう」

菜衣がさらりと返した。鶴谷が津島や中山を監視しているのを察しているのだ。

「Aにマリって子がいて、フィットネスクラブが一緒なの」

マリの名に頬が弛みかけた。それを堪えて話を続ける。

「つまり、津島はAで機嫌が悪くなったわけか」

鮨屋ではたのしそうな雰囲気だったとの報告を受けている。

「マリによると、オリンピックの話題になって、中山が大風呂敷をひろげ……銀座はもう大丈夫。バブルの再来だとはしゃいでいたそうよ」

「……」

鶴谷は無言でグラスをあおった。

そんなことで津島が不機嫌になるとは思えなかった。

菜衣が話を続けた。

「津島が機嫌を損ねたのはそのあと……一時間くらい経ったころに山徳の専務がひとりでAに来て、中山を見つけると挨拶をしたそうで……」

「偶然か」

鶴谷は手でさえぎるようにして訊いた。

「そうみたい。それでね……中山が、紹介しておこう、と言うと、津島はすぐさま、遊びの場ですからと、けわしい顔でことわりを入れたとか」

「山徳の専務はどうした」

「自分の席に戻った。でも、津島は無口になって、何度も腕時計を見てたそうよ」

「津島は中山を残してAを出たあと、おまえの店に行ったわけか。で、Aに残った中山と山徳の専務はどうした」

「一緒になった」

「どんな話をしてた」

「また中山が景気のいい話をしたと……中山も山徳の専務もマリのお客なの」

「築地の話はでなかった」

「たぶん……わたしのほうから、築地の話をしていたかとは訊けないでしょう」

菜衣が確認するような目つきを見せてから、マティーニを注文した。報告はおわったと告げているようなものだ。

鶴谷は煙草を喫いかけてやめた。

「山徳の専務の名は」

「山本善行《よしゆき》……善が行く、で善行。八代目社長、山本嘉治《よしはる》の長男。確か、離婚歴があって、いまは独身のはずだわ」

「そいつのうわさを集めてくれ」

「うん。あした、マリと運動のあとでランチを食べる約束よ」

菜衣が目を細める。

ぬかりはないわ。

そんな表情になった。

「康ちゃん」

「ん」

「お仕事がおわったらドライブ……たのしみにしてるからね」

菜衣が返事も待たずに前をむき、脚の長いグラスを手にした。


鶴谷は、菜衣とのやりとりを反芻《はんすう》しながら煙草をふかした。

トイレから戻って来た加倉が口をひらいた。

「中山と山徳の関係を調べてみましょうか」

「もうその記者には接触するな」

「いいのですか」

加倉が不満顔を見せた。

「敵の疵を摑めるかもしれないのですよ」

「勘のいい記者なんだろう。そんなやつに邪魔されるわけにはいかん」

「でも、山徳に接触する地上げ屋が山菱不動産の関係者だとすれば……」

「関係ない」

鶴谷は語気を強めた。

山徳は初めての有力情報である。しかし、地上げ屋の存在よりも、山徳と地上げ屋の交渉内容よりも、津島のイライラのほうが興味をそそっている。

——咽元過ぎると何とやらで、政治家はすぐ調子に乗ってうかれると……津島は誰とは言わなかったけど、きのうの友だちの電話で民和党の中山だとわかった——

——中山が、紹介しておこう、と言うと、津島はすぐさま、遊びの場ですからと、けわしい顔でことわりを入れたとか——

クラブ・Aのマリの話がほんとうであれば、津島は警戒心を強めているだろう。中山や山徳への対応策を講じているとも考えられる。

津島とその周辺に悟られないよう慎重を期して調査する。

いまはそれに尽きる。

鶴谷は短くなった煙草を灰皿に潰した。

「その記者とは別線で、山徳以外の大店をさぐれ」

「わかりました。けれども、地上げ屋の線も調べさせてください。我が社の経済部にバブル期の地上げ屋にくわしいベテランがいます」

「おまえとの縁は」

「持ちつ持たれつ……あなたの仕事に絡めたこともあります」

「ええやろ。まかせる」

鶴谷は、用意した封筒をテーブルに置いた。百万円が入っている。

いつものように、加倉は中身を見ずにポケットに収めた。

「ところで、妹はショックから立ち直ったのか」

「ええ。でも、どうしてそんなことを……」

「おまえの女神やないか。妹の祈りが天に通じて、おまえは助かった」

加倉が言葉を選ぶような表情を見せたあと、真顔になった。

「そうかもしれません。いえ、きっとそうでしょう」

「あたりまえや」

「妹のためにも、今回の勝負、負けないでください」

「くだらんことをぬかすな。そんなことよりも、妹にいい人を見つけて早く結婚させろ。それがなによりの幸せや」

「自分もそう思うのですが、美和はずっと自分の世話を焼きたいと」

「あほな子や。身内に恩義を感じてどうするねん」

「この仕事の片がついたら、食事に誘ってやってください」

「せん」

鶴谷はそっけなく言った。

一心に祈る美和を見て心がふるえた。食事をして、美和のやさしさにふれれば、加倉との距離が修復不能なほどに縮んでしまうだろう。

捌き屋稼業に情がつけ入る隙はまったくない。


敬老の日の正午過ぎ、山菱不動産の保利光史はひと月前から約束していたゴルフをキャンセルし、虎ノ門のホテルの割烹店にいた。

メガバンクのひとつ、八角ホールディングからの接待で、山菱商事のグローバル渉外部部長、日本商会のインフラ事業本部部長と共にラウンドする予定だった。築地跡地の再開発事業の実務を担当する連中の集まりで、仕事の範疇《はんちゅう》での遊びである。

それなのに、津島に命じられ、神山建設の伊藤副社長と会食することになった。事情を説明し、夕食への変更を申し出たが、にべもなく拒否された。

むき合って十数分間は、酒も食事も進まず、会話も途切れがちだった。元気であかるいのが取柄のような伊藤の顔が精彩を欠いている。

津島は、伊藤にも保利との面談を要求したという。理由も聞かされたのだろう。

「面倒がおきたようですね」

保利はさぐるような目つきで訊いた。重苦しい雰囲気を破りたくなった。それに割の合わない役目を押しつけられ、さっさと退散したい気分である。

「築地場外商店街の件は……津島さんに釘を刺されてすぐに関係者を諫《いさ》めた」

個室にいても、伊藤の声音は低く、弱々しかった。それだけ津島の苦言が応えて神経質になっているということだ。

「しかし、山徳の専務の言動は迂闊というには度が過ぎています」

「津島さんのご心配はよく理解している。だが、さいわいにも、交渉の相手や内容は口外していないと……本人が断言した」

「鵜呑みにされるのですか」

保利は語気を強めた。津島の名代なのだ。誰であれ遠慮はしない。

「信頼できる者が実務者たちを質《ただ》したのだ。疑う余地はないと思うが」

「質したのはどなたですか」

「………」

伊藤が眉根を寄せた。

それが神経にふれた。

「お名前を教えてください」

「津島さんに聞いてないのか」

「えっ」

保利はおどろいたあと、記憶にあることを口にした。

「築地場外の件に関しては神山建設の伊藤副社長に一任してあると……だから、津島はあなたとの面談をセッティングしたのではありませんか」

「たしかに……だが、いまのわたしはＪＩＰＡの職務に専念している。副社長の肩書はあっても、神山建設の業務にかかわっていないのが実情なのだ」

「確認しますが、津島はあなたに一任した……それは間違いないのですね」

伊藤がちいさく頷いた。

その仕種と表情に不満のようなものを感じた。

「なにかあるのであれば、おっしゃってください」

「ない」

「しかし……」

顔を近づけたものの続く言葉がうかばない。頭が混乱している。

「責任所在として、わたしがいる」

伊藤が独り言のように言った。

保利は二度三度としばたいた。

「それはつまり、神山建設の結果責任を負うと……そういう意味ですか」

「まあ、悪い結果は想定していないが……」

伊藤が語尾を沈め、苦笑した。

「実務者を束ねておられるのはどなたですか」

「それを訊くのは筋違いだろう。内政干渉にも等しい」

「築地場外は神山建設の担当とはいえ、自分の職務と無関係ではありません」

「その言葉、そっくり津島さんにむけたらどうだ」

伊藤がうんざりという顔で言った。

保利は抗《あらが》った。混乱のせいでむきになっている。

「津島はその方をよく知っているのですね」

「応えられない」

「まさか、津島がその方に直接指示をだしている……」

背筋がふるえ、混乱が狼狽《ろうばい》に変わった。

それでは自分の立場がない。どうして津島は実務者どうし連携させないのか。

疑念が黒雲のようにひろがった。

玄関のドアが開き、松下久美が顔を覗かせた。

黒のロングタンクトップの裾から脚が伸びている。

「どうしたの、いったい。しばらく部屋には来ないって言ったじゃない」

久美が呆れ口調で言った。

保利は言い返さずに、久美を肩で払うようにしてリビングへむかった。

目をつむっていてもどこに何があるかわかる。一時期は、久美にうんざり顔を見せられるほど通い詰めた部屋である。

五十平米のワンルームはこざっぱりして、目につく家具はセミダブルのベッドとコーナータイプのソファと等身大の立ち鏡で、ほかはクローゼットに仕舞ってある。

保利はソファにもたれ、天井にむかって熱い息を飛ばした。

「なにがあったの」

久美が斜め前に座り、脚を組んだ。

陽が射していても、白い肌はなまめかしい。

いつもならその脚を抱きしめる。

そうしないほど、いや、素肌に目が行かないほど感情が嵩じている。

保利は、テーブルにあったミネラルウォーターのペットボトルに口をつけた。

「専務は、俺のことをどう思ってるんだ」

「えっ。なに、それ」

「さっきまで神山建設の伊藤と一緒だった。専務の命令で……」

保利は、伊藤とのやりとりをまくし立てるように喋った。

表情ひとつ変えずに聞いていた久美が口をひらいた。

「どうして怒ってるの」

「はあ」

顎が突きでた。

「俺は、のけ者にされてるんだぞ」

「どういう意味よ」

「築地市場も築地場外もひとつの利権のなかにある。それなのに専務は、俺と神山建設の実務者を使い分けている。むこうはどうだかわからないが、俺は、ついさっきまで専務が神山建設の社員に指示してることを知らなかった」

「指示してると……伊藤さんは言ったの」

「ぼかしたが、顔つきも口調も認めていた」

「そんな曖昧な……」

保利は前のめりになった。

「教えろよ。専務が指示している相手はどの部署の誰なんだ」

「知らないわ」

「そんなわけがないだろう」

乱暴なもの言いになった。

「専務の信頼厚い秘書なんだ。電話の取次だって……」

「大丈夫なの」

「えっ」

くちびるがゆがんだ。

「重要なお話は携帯電話を使っているの、知ってるでしょう」

聞き分けのない子を諭すような口調だった。

「お願いだから、壊れないでね」

「どういう意味だ」

「冷静な判断能力と鼻につくほどの自信が売りだったのに……慌てふためくあなたなんて見

たくもないわ」

「ふん」

「精密機械はすこし歯車がずれるだけで修復不可能のガラクタになってしまうと……いつだったか、専務が話されていたわ」

「俺のことか」

「それ……自信喪失の証ね。専務はたとえ話をされたの」

久美が立ちあがった。

「きょうはもう帰って」

「どうして」

「でかけるのよ」

言われて気づいた。久美は化粧をしている。

「六本木で夕食……女子会なの」

「何時におわる」

「わからないわ」

「ここで待ってる」

「みっともないまねはやめて」

久美の声に怒気がまじった。侮蔑の気配も感じた。

くそったれ。

背をむける久美に罵声を浴びせたかった。

だが、声にする勇気はなかった。


久美が反転してベッドから降り、バスルームへむかった。

津島忠成は、身体から熱が冷めていくのを感じながら、久美の裸身を目で追った。

ひさしぶりの逢瀬《おうせ》だった。

秘書にして一週間も経たないうちに久美を抱いた。初めは久美の容姿と肉体におぼれ、多忙な時間をやりくりし、ホテルで快楽の一時を過ごした。逢瀬の間隔が空くようになったのは、久美の欲望が癇にふれるようになったからだ。久美はそういうことをむりに隠さない女だった。その傲慢ともいえる気質が津島の歓心が薄れるのを妨げた。

手元において利用する手もある。

そう割り切るのに時間は要らなかった。利用されるとわかっても久美はそれを拒まないという確信があったからだ。

ベッドを抜け出し、窓際のチェアに腰をおろした。

間近に東京タワーが見える。

ちょうど、身をくねらせるように、照明が七色に変化していた。

久美の姿態とかさなった。

溶けかかった氷をグラスにおとし、バランタイン17年の小瓶を傾けた。久美と過ごすときはスイートルームの冷蔵庫のミニチュアボトルの五、六本が空いてしまう。久美といれば酒が進む。身体の合う女といれば呑んでも酔い潰れることはない。

久美が白のバスローブを着て戻って来た。

ブラウンに染めたセミロングの髪が濡れ、頰やうなじに曲線を描いている。

缶ビールをグラスに注ぎ、旨そうに咽を鳴らす。

津島は、それを静かな目で見つめた。

「二年か」

「そうね。でも、あなた専用の女でいたのは一年間だった」

「怨んでいるのか」

「ちょっと……惚れたのはあなただけなのよ。でも気にしないで。打算の人生はわたしが望んだことでもあるわ」

久美の瞳がきらりと光った。

津島はそれを無視した。欲望と私情は切り離して生きてきた。久美もおなじだろう。だから、何の摩擦もなくここまで縁が切れなかった。

「そろそろ潮時が来たようだ」

「そうね」

久美があっさり返した。

「ほしいものは」

「皇居のそばに建つマンション」

「六億円の……」

「そこまで自惚《うぬぼ》れていない。平均価格でいいわ」

来年完成予定の分譲マンションの平均価格は二億六千万円である。売買による利益を差し引いても一億円の慰謝料もしくは退職金となる。それでも、津島が購入することにすれば社内の役員の誰からも文句は言われないだろう。

「わかった」

「うれしい」

久美が目を細めた。

「やっぱりわたしが惚れた男ね」

津島はグラスを空け、真顔をつくろった。

「ただし、もうすこしつき合ってもらう」

「保利のことが気になるの」

「ならんよ」

保利が動揺しているのはベッドで絡み合う前に聞いた。

社内では保利を自分の腹心と見る連中もいるけれど、単なる蜥蜴《とかげ》の尻尾だ。社内の重要案件をまかせていても、ＪＩＰＡに関しては蚊帳の外に置いている。

逆に、神山建設の伊藤にはＪＩＰＡの事案に専念させ、神山建設の重要事案にはかかわらせないようにしてきた。

「そうか」

久美の声が弾んだ。

「神山建設常務の赤城勝利ね」

津島は頷き、ミニチュアボトルを手にした。

咽が焼けるような感覚が走った。

「どうすればいいの」

「しばらく、赤城との連絡を密にしろ」

「そうしてみるけど、あの人のほうが……神山建設の創業者の縁故者と結婚しているせいなのか、呆れるほどの小心者で、わたしと寝るのも一か月に一度あるかないか……それも、ディナーぬき、ホテルの客室で会うだけの、つまらない男よ」

「しかし、会社への忠誠心が強く、どんな汚れ仕事でもやりこなす」

「具体的に指示して」

「敵が赤城に目をつけるかもしれん。赤城には細心の注意を払うよう忠告してあるが、赤城の周辺に敵があらわれれば……そのときは、一緒に海外へ飛んでくれ」

「どれくらいの期間なの」

「長くて二週間だな」

久美が肩をすぼめた。

「退屈な旅行ね。セックスも下手だし……」

「ボーナスをやる」

久美がにんまりした。

「二億六千万円のマンションって固定資産税が結構な額なんでしょう」

「しっかりしてるな」

津島は呆れて言った。

それでも怒る気にならない。そういう女だから縁が続いたのだ。

「ねえ、訊いてもいい」

「ああ」

「捌き屋さんて、あなたにとって脅威なの」

「とても」

「そんなに凄腕なんだ」

「運が強い男だと思う。実力があろうと、交渉術に長《た》けていようと、請けた依頼を完璧にこなすには、良運、悪運とも必要になる」

「あなたの運だって、人がうらやむほどだと思うけど」

「技量も運の量も互角なら、あとは……」

津島は声を切った。

本音は吐露しない。久美は仕事に欠かせない存在で、気質も似ていて、身体を寄せれば溶け合うけれど、信頼はしていない。

連休明けの朝十時前、木村直人は衆議院第二議員会館の正面玄関に設置された金属探知ゲートを潜り、七階にあがった。

民和党の熊谷啓三《くまがやけいぞう》議員の事務室に入ると、右手奥の応接室に通された。

熊谷は警察庁出身の当選三回、警察族議員では最長老の七十一歳になる。

かつての上司である。木村が警視庁公安部公安総務課の主任だったときの部長で、主に永田町の住人にかかわる仕事をしていた木村は熊谷の指示を受けることが多く、個人的にもかわいがられ、退官して優信調査事務所を設立するさいも世話になった。優信調査事務所が情報提供者として内閣情報調査室と契約し、内閣官房から報償費、俗にいう官房機密費を受け取るようになったのも熊谷の仲介による。警察の外郭団体や所管下の企業等から依頼が増えたのも熊谷の存在がおおきかった。

応接室には先客がいた。

顔は見知っている。公安総務課の課長、加賀野幸夫《かがのゆきお》だ。警察官僚の彼は四十三歳で、警察庁から出向して二年半になる。七三に分けた髪と、細面に縁なしメガネ。細身を濃紺のスーツに包んでいる。警察官僚の見本のような風貌である。

木村は丁寧に挨拶し、立ったまま右側の壁の額を見た。

移木の信。

熊谷の署名と落款が捺された色紙は、木村の事務所にあるものとそっくりおなじだ。

隣室のドアが開き、熊谷が入ってきた。

すこし痩せたか。

そんな気がした。

糖尿を患っているとのうわさを耳にしたことがある。

銀色の短髪も心なしか艶《つや》をなくしているように見えた。

しかし、前回の面談のさいの面相を思いだせないほどの歳月が流れている。

「かけたまえ」

熊谷にうながされ、色紙と向き合う位置に腰をおろした。

加賀野が正面に、熊谷は窓を背にして一人掛けのソファに身を沈めた。

「六年になるか」

熊谷が好々爺《こうこうや》のまなざしで言った。

「女房の通夜だったな」

「はい。あまりに早すぎる死に、おかけする言葉もありませんでした」

「デキのいい女房は早死にするらしい。デキの悪い亭主が寿命を縮めるのだろう」

木村は顔を何度も左右にふった。

熊谷の顔が引き締まる。

「加賀野は知っているな」

「はい。こうして間近に接するのは初めてですが」

「きょう、わたしに呼ばれた理由は察しているのだろう」

「いいえ」

木村はきっぱりと言った。

熊谷が目を細めた。木村の気質も仕事ぶりも熟知しているのだ。

「公安部の部長から相談があったので、この場を設けた」

熊谷の言葉を受けて、加賀野が口をひらいた。

「警視庁は、いま君が請けている仕事を憂慮している」

「はっきりおっしゃってください。どの仕事ですか」

加賀野の眉がはねた。

「そこまでとぼけることはないだろう。捌き屋の依頼だよ」

「鶴谷さんとは十数年のおつき合いですが、こんなことは一度もありませんでした」

「公安部はずっと彼を注視してきた。それは知っているな」

「何となくという程度です」

「彼は必要悪……すくなくとも善人ではない。その認識はあるか」

「自分は、顧客を善人と悪人に分けることなどしません。そもそも自分は、善人か悪人か判別つかない世界で生きてきました」

「暗に警察組織のことを……いや、よそう。脇道に逸れる時間はない。単刀直入に言う。捌き屋の依頼を解約してもらいたい」

「なぜですか」

「わかっていることを訊くな」

加賀野が語気を強めた。

「信義を護れ。君は退官したのちも警察組織と深くかかわってきた。内閣官房とも……すべては熊谷先生のご厚情によるものではないか」

「おっしゃるとおりです。先生への信は片時も忘れたことがありません」

「警察組織への信義や恩義はどうなのだ」

「先生の前でこう申すのは心苦しいけれど、いま自分と優信調査事務所が貫くべきは、第一に顧客への信、約束を守ることです」

「それを言うのなら、長年にわたり報償費を支払っている内閣官房も顧客だろう」

「もちろん、官房への信も大切にしております。しかし、内閣官房であろうと、民間人であろうと、顧客によって信に差をつけるつもりはありません」

「今回のように、二者の利害が相反してもか」

「お言葉ですが、優信調査事務所の主たる業務は情報収集や監視等によって得た事実の提供で、顧客の利害に直接かかわるものではありません」

「君は……」

加賀野の声がふるえた。

「肝心なことを忘れている。君は警視庁出身で、優信調査事務所の約八割は元警察官だ。そのおかげで経営が成り立っているという事実を……」

「忘れていません」

木村は語気を強め、加賀野を睨みつけた。

「充分に認識したうえで話しています」

「古巣に喧嘩を売り、タダで済むと思っているのか」

加賀野が口角泡を飛ばした。

すかさず、熊谷が割って入った。

「よさないか。みっともない」

「しかし先生……」

熊谷が手のひらで加賀野を制した。

「君はもう桜田門に戻りなさい。あとは、わたしが引き取る」

「……」

加賀野の頬がふくらんだ。

「君の上司は、わたしに一任すると言ったのだ。それが不満なのか」

熊谷が目と声で凄んだ。

「と、とんでもない。どうかよろしくお願い致します」

言いおえたときはもう、加賀野の腰がういていた。

加賀野と入れ違いに事務員が入ってきて、お茶を取り替えた。

熊谷が旨そうにそれをすする。

木村は、黙って熊谷の表情を観察していた。

しばらくして熊谷が視線をむけた。

「捌き屋の鶴谷康とは、それほど魅力のある人物なのか」

木村は、それほどの中身を推察した。

古巣を敵に回してもという意味か。優信調査事務所を存亡の危機にさらしてもという意味か。どちらにしても警告の意図が透けて見える。

木村は、熊谷の本意をさぐるためにも抗ってみたくなった。

「一念、岩をも徹《とお》す……そんな骨のある男はすくなくなりました」

「ほう」

熊谷が目も口もまるくした。

「機会があれば会いたいものだ」

「およしになったほうがいいと思います。先ほどの善悪の話は別にしても、あの人は闇の世界でしか輝けないでしょう。先生とは生きるステージが違います」

「裏があるから表がある。しかし、まあいい。前言は撤回しよう」

木村は、熊谷が鶴谷に敵意を持っていないと感じ、すこし安堵した。

「質問してもよろしいでしょうか」

「なにかね」

「警視庁は、山菱不動産に、ＪＩＰＡ筆頭理事の津島に肩入れしているのですか」

「肩入れというほどではないだろう。たしかに、都庁幹部や警視庁上層部には前の筆頭理事の中村八念の独断専行に反発し、津島の側につく者もすくなくはない。巨大利権に目がくらみ、津島にべったりの警察族議員や警察官僚がいるのも事実だ。しかし、山菱不動産と東和地所の権力争いに巻き込まれるようなまねはしないと断言できる。どちらが権力を摑もうと警察利権はゆるぎないからね」

「……」

返す言葉がうかばなかった。

「それに、オリンピックが決まった。これからカジノ構想が熱を帯びるだろう。どちらも警察利権に深くかかわってくる。一介の捌き屋に目くじらを立て、面倒をかかえ込むような愚かなまねはしないし、わたしがやらせない」

「ありがとうございます」

「ん」

熊谷が白い眉で八の字を描いた。

「君に礼を言われるようなことを喋ったか」

「いいえ」

木村は真顔で応えた。

熊谷が顎をしゃくるようにして惚《とぼ》け顔を横にむけた。

その先に色紙がある。


熊谷と別れたあと、西新橋にある優信調査事務所のオフィスに戻った。衆議院第二議員会館から徒歩で十五分ほどかかる。

――話したいことがある。連絡を待っている――

熊谷との面談中に、副所長の田川真司《たがわしんじ》からそうメールがあった。

オフィスはがらんとして、田川と二人の女事務員がいるだけだった。見慣れた光景だ。昼間に調査員がデスクワークをしているようでは経営が成り立たない。とはいえ、左側の会議室には三名の所員が常在している。そこには八基のモニター画面と様々な通信機器があり、調査員の報告がリアルタイムで届くようになっている。

木村は、田川に目で合図し、右側の応接室に入った。

遅れて、両手にマグカップを持つ田川が入ってきた。

木村と同期入庁の田川は複数の所轄署勤務を経て桜田門の警備部に六年間在籍したのち退官し、三十一歳のとき大手警備会社に再就職した。ヘッドハンティングによる転職とうわさで聞いたが、いまも本人が多くを語らないので真実はわからない。

それでも、木村は田川の実直な人柄に好感を持ち、転職後もつき合いが続いた。

三十五歳で独立を決意できたのも田川の存在がおおきかった。田川が行動を共にすると言わなければ、父親の遺産による開業資金が数倍あろうとも、調査事務所の設立どころか退官さえ躊躇《ちゆうちよ》していたと思う。

優信調査事務所での田川は所員の束ね役的な存在であり、デスクワークも完璧にこなすので、所員同様、木村も全幅の信頼を寄せている。

木村は、コーヒーをひと口飲んだあと、田川を見据えた。

「話とはなんだ」

田川との間にむだな言葉は要らない。田川も二人のときは対等にものを言う。

「所員たちが動揺している」

「鶴谷さんの件で、警視庁が動いているせいか」

考えるまでもなく言葉になった。所内の雰囲気は察している。

これまでは、臨時の高額報酬を受けられることもあり、鶴谷が望む調査を意気に感じることもあって、所員の誰もが鶴谷の仕事をしたがったのだが、今回ばかりは所員のなかに困惑を隠さない者もいて、いまひとつ士気があがっていないと感じていた。

「大手町での捜査四課との接触で所員たちの間に動揺がひろがったようだ」

あのときは木村の依頼で動いた現役警察官の機転で難をのがれた。

田川が言葉をたした。

「民和党の熊谷先生とはどんな話を」

木村は、公安総務課の加賀野課長との会話を端折《はしょ》り、熊谷とのやりとりを詳細に話し、最後につけ加えた。

「一介の捌き屋に目くじらを立て、面倒をかかえ込むような愚かなまねはしないし、わたしがやらせない……という先生の言葉は信用できる。しかし、先生の目が届く範囲に関してのことで、先生の意思が現場の者たちに伝わるとは思ってない」

「同感だ。俺は、現役警察官と元警察官の立場の違いを案じている。うちの所員に古巣意識は強くあっても、むこうは優信に対して仲間意識を持っていないだろう」

「単なる小遣い稼ぎというわけか」

「そんなもんさ」

田川が投げやりな口調で言い、コーヒーを飲んでから話を続けた。

「桜田門の連中だって鶴谷さんの依頼に絡む協力の報酬が高いのは察しているはずだが、俺やおまえが連携する相手は中間管理職だから、その部下らがどれほどの小遣いを手にしているのか、さっぱりわからん」

木村は顔をしかめ、ため息をついた。

カネがすべてではないが、カネによって人の心理や行動が変わるのも事実だ。

視線をふった先に、熊谷事務室とおなじ色紙がある。

移木の信。

約束は必ず守るというたとえに用いられるが、木村は、信を得る、と理解している。

木村は、鶴谷の真っ直ぐな気質に惚れている。私情を排してまで稼業にのめりこむ姿勢とゆるがぬ信念に敬意を払っている。

だからこそ、鶴谷の信を得ることが何より己の励みになっている。

これまではすくなからず所員らも自分に近い感情があると思っていた。

「公私を割り切ってくれないか」

「なにっ」

声が怒気をはらんだ。

田川が臆するふうもなく口をひらく。

「おまえが鶴谷さんに特別な感情を持ってるのはよく理解している。俺も、おまえの話を聞き、所員らの調査報告書を読んで、いまどきめずらしく骨のある人だと思っている。そのうえ、鶴谷さんからの報酬は大企業からのそれよりはるかに高額だ。しかし、それは優信調査事務所があってのことだろう」

「たしかに、内閣官房と契約を結び、官房報償費を受け取ってはいるが、警察組織とはギブ・アンド・テイクの関係を維持してきた。警察組織から圧力を受ける覚えはないし、その点については、さっきも話したように、熊谷先生の言質を得てきた」

「違うんだ」

田川が首をふり、表情をくもらせた。

「警察組織がうちと縁を切るとか、うちを潰しにかかるなんて、俺も思ってはいない。案じているのは所内のこと、所員らのことだ」

「具体的に言え」

苛立ちが声をとがらせた。

田川が眉をひそめた。

「うちの警視庁出身の所員はそれぞれ桜田門や所轄署の連中とつながっている。彼らが実績を残せたのも古巣との縁のおかげだ。いま、その縁がゆらぎかけている。その理由はこれを見ればわかる」

田川がテーブルのノートパソコンを起動した。見せるために用意したのだろう。

ほどなく映像が映しだされた。

路肩に車が停まっている。その車のナンバーが見える。画像が切り替わり、建物の陰にいる二人の男が映る。別の画面にも車や男が映っていた。

木村は画面を見つめたまま口をひらいた。

「こいつら、うちの監視対象者の近くをうろついているのか」

「そうだ」

「公安か」

「車両と三人の人物は特定した。公安部が使用する車で、三人の男は公安部公安総務課に所属している。内閣官房は関与していないとのことなので、おそらく、東京都か、民和党の警察族議員の依頼もしくは指示によるものと考えられる」

「そうか」

思わず声が洩れた。

「鶴谷さんへの圧力が半分……残りの半分はうちへの嫌がらせか」

「俺はそう思う」

田川がノートパソコンを閉じた。

「公安部が、それも、身内にも睨みを利かせる公安総務課が、うちの所員の周辺をうろついていることが警察内部に知れたらどうなる」

「所員らとの縁を切りたがる者もでてくるだろうな」

「そうなれば、所員の実績に影響し、やる気をなくす恐れもある」

木村はくちびるを嚙んで感情を殺した。

所員を採用するさい、木村は入念に調査し、厳密に審査した。警察上層部や縁故者からの推薦もあったけれど、非情なまでに調査員としての適正能力を重視した。

そんなことでくじけるような者を採用した覚えはない。

ほんとうはそう怒鳴りつけたかった。

そうしなかったのは田川がこうして話す背景に気がむいたからである。田川は所員一人ひとりとこまめに接触を図っている。所員のことは田川に訊けば何でもわかる。田川の危惧による発言でないことは容易に推察できた。所員のなかに不安や愚痴をこぼす者がいるのだ。

「俺の老婆心だといいのだが」

田川の声音が弱くなった。

それが木村の癇にふれた。仕事に遠慮は要らない。弱気は何よりも嫌いだ。

「いまさら依頼はことわれん。それこそ、信をなくす。俺は、所員たちの気骨を信じる。鶴谷さんの依頼に応えることが、所員たちの安心に結びつく」

木村は、己に言い聞かせるように言った。

田川がため息をついた。

直後に携帯電話が鳴った。

木村は、鶴谷からの電話をその場で受けた。

《いま、大丈夫か》

「結構です」

鶴谷の声に力が感じられ、木村の返事も強い声になった。

《けさ届いた報告書にある松下久美のことで訊きたい》

「彼女をご存知だったのですか」

《連休前に、ＪＩＰＡ本部で見た。ゾクッとくる女だった》

「……………」

木村は応えずに口元を弛めた。鶴谷からそんな表現を聞いた記憶がなかった。

きのうの夕刻、山菱不動産の保利を監視する部下から電話があった。保利が月島にあるマンションを訪ねて三十分が過ぎたときのことだった。

――保利が訪ねた部屋の住人がわかりました。松下久美、二十八歳……――

――津島の秘書のか――

――はい。あっ……――

――どうした――

――マンションから二人が出てきました――

――追え――

――別々の行動をとった場合はどうしますか――

――女だ――

とっさの指示だった。

松下久美の名は幾度か津島を監視する調査員の報告書で見た。パーティーや会食に同席している。それだけで津島が久美を信頼していることがわかった。

それとは別に、疑念がうかんだ。鶴谷が初めて山菱不動産を訪ねた日の夜、保利はシティホテルの客室で誰かに会った。その誰かを久美と推察した。だが、そのことで久美への関心がふくらんだわけではなく、男が女の部屋を訪ねてわずか三十分で外出する背景が気になった。二人は別々に行動する。勘がそうささやいたのだった。

保利と久美は別々にタクシーを拾ったという。

久美は東京タワー近くのシティホテルに入り、ラウンジのある最上階にあがった。カウンターで待っていたのは半袖ポロシャツを着た津島であった。三十分後、津島と久美は地下のステーキハウスに移り、さらに二時間後、客室に消えた。

《津島と久美の関係はわかった。保利はどうや。できてるのか》

「現在調査中です。が、けさの調査員からの報告によると、松下久美のマンションの住民および近くのコンビニ店員が保利を見ています。コンビニ店員のほうは、深夜に保利と久美が一緒に来店したのを何度か目撃したと証言しました」

《津島を見た者は》

「いません。この件に関してはもうしばらくの猶予をください。ちょっとばかり気になる証言を得たので、人数をかけて周辺の聴き込みを行ないます」
《気になる証言とは何や》
「先ほどとは別のコンビニの店員の話ですが、久美がスーツを着た中年男と店に来たと……津島と保利の写真を見せたところ、どちらとも違うと言ったそうです」
《いつのことや》
「ひと月ほど前なので断言できると……若い男の店員なのですが、たまに来るきれいな人なので、よく覚えているとも言ったそうです」
《その店員は、保利を見てないのか》
「はい」
相手の男によってコンビニを使い分けているのか。
頭にあるその疑念は口にしなかった。鶴谷は推論を嫌う。優信調査事務所が求められているのは事実の報告である。
《久美も監視下に置いたんやな》
「事後報告で申し訳ありません」
《頼りになるわ》

そっけないもの言いにも鶴谷の気質にふれた気がする。

《ところで、神山建設の赤城を監視してるのはどこの調査会社や。報告書は雑な文面で、会社の名も調査員の名も書いてない》

「すみません。個人的に縁のある私立探偵なのです。二名の調査員と女の事務員がいるのですが、おおっぴらには看板をかかげておらず……」

《もうええ。おまえにまかせたんや》

「ありがとうございます。ひと言つけ加えさせてください。うちほどではないにしても、調査会社はどこも警察組織としがらみがあります。依頼した私立探偵も元警察官ですが、退職の背景に問題があって、警察組織との縁は切れています」

《優信の調査員は古巣との縁が切れてないと言いたいのか》

「……」

声がでなかった。わずかでも隙を見せると、毒矢が飛んでくる。

翌水曜の夕刻、木村は有栖川宮公園のそばに建つマンションを訪ねた。

白岩光義は花房組東京支部の通路向かいの私室で待っていた。

マンションに来いと言われたのは初めてだった。

「色気のない部屋ですね」

リビングに通されるなり、声がでた。

円形のガラス板のテーブルをはさんで、足を伸ばせる籐椅子と同細工のアームチェア、籐藤椅子から手が届く壁にコンパクトな書棚がある。稼業を示すものどころか、飾り物もテレビもない。二十平米くらいの部屋が倍ほどもひろく感じる。

「借りた当初はマンガみたいな部屋やった」

「フリルのついたカーテンとか」

「夜のオナゴやのに原宿が好きで……よう連れて行かれた」

「目にうかびます」

「うるさい。とっとと座れ」

アームチェアに腰をおろしたところへ、若者が入ってきた。

「いらっしゃいませ」

坊主頭の若者が声を張り、湯呑み茶碗をテーブルに置いた。

写真で見たことがある。白岩から依頼を請けたさいに資料を集めた。

「木村です」

「古川真吾と申します」

古川と名乗った男が深々と腰を折ってから去った。

「標準語とはおどろきました」

木村はにやりとして茶碗を手にした。

ほのかに立つ香りと深い緑が気持を和ませる。

「勘違いするな。東京の客への礼儀や。わいには関西弁で喋りよる」

「それはまた……」

言葉が続かなかった。やくざ者を褒める言葉を持ち合わせていない。

「部屋住みを三年やれば何でもできる。けど、部屋住みの若衆を持つ極道も、たった三年辛抱する若者もおらんようになった」

白岩が世間話のように言い、旨そうに茶をすすった。

「きょう、来られたのですか」

「先代夫婦をホテルにお連れして、さっきここに着いた」

先代組長の花房勝正が国立がん研究中央病院で治療を受けていることも、そのたび白岩が上京していることも知っている。

白岩が天井にむかって紫煙を飛ばした。

つぎの瞬間、木村に顔をむけた。凄みのある目になっていた。

「安心したわ」

「……」

「覚悟が据わったようやのう」

自分と警察の関係をさしてのひと言なのはわかった。

「どうでしょう」

木村はさらりとかわした。

「ご心配をおかけしていたとすれば、不徳の致すところです」

「謝ることやない。で、どうや」

白岩が籐椅子から背を離した。

「勝てそうか」

「なんとも……戦況を読む段階にも達していません」

白岩が顔をゆがめた。

居ても立ってもいられない心境なのだ。着替えた様子はなく、靴下も履いたまま、籐椅子の脇にある手提げ鞄はふくらんでいる。

木村はこれまでの経緯を話したくなった。

しかし、信義に反する。それを無視しても、聞いた白岩はよけい気を揉むだろう。

「電話もされてないのですか」

「ああ。あいつの愚痴なら何時間でも聞いてやるのやが、うんともすんとも言うてこん。ほんま、友だち甲斐のない男や」

木村は頬を弛めた。白岩の愚痴を聞くのも初めてだった。

「いつまで東京におられるのですか」

「土曜の朝には帰る」

木村は真顔に戻した。

「あの人に会われても差し支えないと思います」

「やめとく」

白岩が即座に返した。

「おまえの顔つきから察して桜田門は無茶をせんと読んだが、不意に鉛玉が飛んでくるやもしれん。関東のやくざ者は、浪花の極道の、わいを嫌うとる」

「………」

「わいの出番はないのやな」

「いまのところは……と言っておきます」

「可能性があるんか」

声が強くなった。

「あなたの話ではありませんが、不意も偶然もふくめ、あらゆる可能性を否定できません。あの人も、そういう稼業でしょう」

「イライラするのう」

白岩が籐椅子に背を預けた。

直後に古川が入ってきた。

「親分、晩飯はどうされますか」

「おう」

白岩が身をおこした。とたんに親分の顔になった。

「晩飯は何や」

「親分が姐さんからの差し入れやと……」

「松茸か」

「はい。松茸づくしにしました。お食べになるのなら一緒にいただいた但馬牛も……」

「いらん」

白岩が視線を移した。

「一緒に食うか」

「よろこんで」

間髪容れずに応えた。

松茸に反応したのではない。白岩の気晴らしの相手になりたかった。

仄暗いラウンジの片隅で背をむけていても菜衣だとわかる。

菜衣の前で笑顔を見せている女もわかった。クラブ・Aのマリだ。

鶴谷は無言で菜衣とマリの間に腰をおろした。

「こちらは鶴谷さん」

菜衣がマリに言ったあと、顔を鶴谷にむけた。

「マリさんよ」

「マリです」

マリがお辞儀をした。夜の銀座ではめずらしい黒髪がゆれた。

藤色の着物も似合っていたが、黒のフォーマルワンピースも様になっている。

はじめましてとも、先日はありがとうございましたとも言わないのは自分と菜衣の両方を気遣ってのことだろう。鶴谷は、賢い女だと思った。

鶴谷はウエイターにスコッチの水割りを注文し、煙草をくわえた。なんとなく腰の据わりが悪いのは菜衣が初対面ではないと気づいているように感じるからだ。

　菜衣がマリに話しかけた。

「土曜日に話したことを鶴谷さんにも聞かせてあげて。マリさんのお仕事に差し障りのない範囲で構わないわ」

「わかりました」

「わたしは席をはずすけど大丈夫ね」

「はい。菜衣ママの大切な人みたいなので安心です」

　嫌味のないもの言いだった。

　菜衣が細くなった目で鶴谷を見た。

「あとでマリさんの店へ迎えに行きます」

　菜衣が去り、水割りが届いた。

　舐めるように呑んで、マリを見た。

「銀座は何年や」

「四年目です」

「たいしたもんや」

　本音だった。

——銀座に、銀座の女と呼べるホステスがすくなくなった——

菜衣にそう聞いたことがある。マリは銀座で生きる覚悟ができているのだろう。

「鶴谷さんは長いのですか」

「菜衣とか……光義ほどやない」

マリの目が三日月になった。丸の内のＢｂａｒで白岩の丸太の腕にしがみつき寝息を立てる顔を思いだした。四年いて銀座の垢に染まっていない女もめずらしい。

紫煙と一緒に雑念を飛ばした。大事な話があってあぶない橋を渡っているのだ。菜衣とマリ、白岩とマリの仲からマリの気質は察しているが、マリの仕事ぶりや、客との距離感はわからない。マリとの面談が裏目にでる可能性もゼロではない。

「先週木曜のことやが、山菱不動産の津島が店をでたあと、民和党の中山はすぐに山徳の専務と合流したのか」

「先生に言われて、わたしが山徳の専務さんを呼びに行きました」

「どっちもおまえの客か」

「はい。専務さんのほうが古くて、先生は専務さんが連れてこられてからのご縁です」

「菜衣が言うたとおり、おまえの仕事に差し障らん程度でええから教えてくれ。山徳の山本善行はどんな男や」

「お茶目で、あかるい人です」

「人気者か」

マリが返答にこまるように首をかしげた。

「難点は女好きか」

とたんにマリが吹きだすように表情を崩した。

「お店では下ネタ一本……わたしはちょっと苦手です」

「おまえも口説かれてる」

マリが首をふった。

「とっくに諦めて……それでも係にしていただいて、感謝しています」

「話を戻すが、中山と山徳は、津島の話をしてたか」

「はい。同席されてすぐ、専務さんが、ああいうタイプは苦手だと……そしたら先生が、そう言うな、つき合って損はない男だと、たしなめるように言われました」

「津島の態度が横柄だったのか」

「津島さんがお店に来られたのはあの日で三度目ですが、不快そうな顔を見たことはありませんでした」

「津島もおまえの客か」

「いいえ。津島さんは先生に連れられてお見えになるだけです」

「津島と中山の遊び方はどうや。仕事の話をするのか」

「まったくしません。先生のほうは、国会のなかでの出来事をおもしろおかしく話されることもありますが、津島さんはホステスに合わせるというか……」

「遊びの場でも隙を見せんわけか」

マリが目をしばたいた。呆れたようにも感心したようにも見える。

「あの夜は同伴したと聞いたが、食事中の雰囲気はどうやった」

「すごくたのしかったですよ。先生はオリンピックの東京招致にかかわっておられたので、ロビー活動などの裏話をされていました」

「地球の裏側に行ってたのか」

「ええ。わたし、何枚も写メールを送ってもらいました。いろんな国の人と写っていて、とてもうれしそうな顔でした」

「招致団が帰国したのは東京開催が決まった翌々日だったかな」

言いながら、頭でカレンダーをめくった。

ブエノスアイレスで二〇二〇年の開催都市が決定したのは八日早朝である。翌月曜に東和地所の依頼を請け、つぎの日は交渉相手の山菱不動産の汐留支社にでむいた。

「確か十日だったと……でも、先生はどうしてもはずせない用があって、開催地が決まる前に帰国されたそうです」

「それも話のネタになったのか」

「いいえ。先生は、こう見えても国会議員は多忙なんだと……それでお仕舞いです。オリンピックの東京招致よりも大切なことって何だろうって思いましたが」

鶴谷は目で笑った。いや、褒めてやった。

一を五にも十にもふくらませる人をうらやましく思う。捌き屋は百のなかから一を選ぶ。選択を誤れば交渉に負ける。やり直しは利かない稼業なのだ。

「山徳は、中山のほかに誰と来る」

「ひとりで遊ぶか、接待で利用されるか。山徳の商品はデパ地下やスーパーや、いろんなところで売っているのでしょう」

「築地場外では老舗中の老舗や」

「ああ……山徳は場外でしたね」

「行ったこと、ないのか」

「一度あります。銀座に勤めだしてまもなくのころ、係にしていただいたお礼を兼ねて、お歳暮の品を買いに行ったことが……わたし、遠慮してご挨拶もしなかったのに、お店を出るとすぐに電話がかかって、店には来るなと叱られました」

マリが悪戯っぽく舌を覗かせた。

鶴谷は話を先に進めた。

「中山のほうは……津島のほかは誰と来る」

「国会の先生方とはお見えになりません。後援会の方か、企業の役員の方か……でも、ご来店は国会がお休みの間に集中しています」

山徳は中山の後援会で世話役を務めている。

「企業のほうやが、山菱不動産は津島ひとりか」

「そうです」

「覚えてる企業の名を教えられるか」

「業種をおっしゃってください」

そんなにあちこちの企業と縁を結んでいるか。

もうすこしで声になるところだった。

「JIPAは知ってるか」

「名前は……確か、津島さんはそこの理事もされているのでしたね」

鶴谷は頷いてから質問を続けた。

「ＪＩＰＡに加盟する企業……東和地所、神山建設、五洋電気、山村興産、ＪＥＣ……いま挙げた企業はどうや」

「神山建設と五洋電気の方は覚えています」

「名前は」

「……」

マリが首をかしげた。身体も傾いた。拒否したのはあきらかだ。

鶴谷は、即座に質問を絞り込んだ。

「悪い。これが最後の質問や」

「はい」

マリが姿勢を戻した。

「神山建設は副社長の伊藤哲也か」

「違います」

「ありがとう。助かった」

「あっ」

マリがちいさく声を発した。

「なんや」

「先生が山徳の専務をたしなめられたとき、伊藤はあの男の指示で動いているのだとも言われたのを思いだしました」

「山徳の反応はどうだった。伊藤を知っていたのか」

「それはわかりませんが、伊藤という人のことは聞きませんでした」

鶴谷は息をつくと、背がまるくなった。無意識に息を止めていたようだ。

マリが華奢な肩を上下させてから笑顔を見せた。

「わたし、緊張していました」

「俺は感心した。菜衣がおまえを買うてる理由がわかった」

礼儀作法や言葉遣いは身体に叩き込めば誰でも覚えられる。しかし、状況判断と決断力は教えられて身につくものではない。個人の素質、言い換えれば、センスなのだ。

「けど、心配もある」

「なんですか」

「男を見る目がない」

マリが目を見開き、ややあって口をひらいた。

「あした、閻魔さんとランチするんです」

言ったあと、手のひらで口をふさいだ。

「気にするな」

感情を抑え、やさしく言った。

白岩が上京しているとは知らなかった。

しかし、怒ることではない。盟友だが、互いに気遣って生きている。

「ごめんなさい。つい、気が弛んで……」

「そうさせる男やねん」

「鶴谷さんも大好きなんですね」

「好きも嫌いも……友はあいつしかおらん」

鶴谷は煙草を潰し、腰をあげた。

「光義の代わりに、おててつないで同伴や」

「はい」

マリの声が店内に響いた。

もちろん、錯覚である。


翌日の昼下がり、右手に汐留の高層ビル群を見ながら、築地市場方面に歩いた。

青果の看板の前を左に折れ、築地四丁目交差点にむかう。

築地市場の正面ゲートからトラックが列を成して出てくる。

鶴谷は、立ち止まり、左手の白い建物を見た。国立がん研究中央病院である。

治療中かな。

そう思った。

鶴谷との接触を控えている白岩が上京した理由はひとつしか思いうかばない。義父の花房の治療に同行したのだ。いつもなら花房が上京するときは白岩から連絡があり、そのたび激励に駆けつけたのだが、今回は控えるしかない。自分が面会して花房に迷惑が及ぶとは思わないけれど、白岩の配慮を無にすることになる。

がんばってください。

胸のうちで話しかけ、ふたたび歩きだした。

加倉との約束の時刻には間があるので築地場外商店街を見物した。東和地所の依頼を請けて三度目となる。ランチタイムがおわり店仕舞いをする飲食店もあった。四百あまりの飲食店の営業時間はまちまちで、二十四時間営業の鮨屋もあれば、朝と昼だけの食事処、夜をメインにする料理屋もある。

いつ来ても思うのは昭和のにおいが濃く残っていることだ。築地市場跡地の再開発後の風景を想像しては、その差を感じてしまう。

山本徳次郎商店の前を過ぎ、晴海通に出た。

ふたたび築地四丁目の交差点へむかい、東銀座に近い喫茶店に入った。

古くからあるその店に客はまばらだった。

加倉は窓際の席にいて、築地市場のほうを見ていた。

鶴谷はコーヒーを頼んでから加倉の前に座った。

加倉が話しかける。

「市場を視察してきたのですか」

「築地場外を……何度見てもあそこが現況のまま残るとは思えん。七年後のオリンピックまでに景色が変わりそうな気がする」

「商店街のなかにはオリンピックの東京開催が決まって、生き残る目がでてきたと言う人たちもいます」

「外国からの観光客をあて込んでいるのだろうが、そのあとはどうする。わずか二、三週間の祭なんや。そのあとで将来のことを考えても手遅れになる」

「これからの一、二年が売り時だと言いたいのですか」

「一、二年やない。オリンピックの東京開催が決定したのやさかい、東京都は、いや政府も豊洲の移転計画を早めるやろ。豊洲市場は間違いなくあらたな観光名所になる。そして、築地市場の跡地は、情報発信都市の象徴として生まれ変わる」

加倉がニッとした。

「築地場外に的を絞られたようですね」

「その顔、なにか摑んだようやな」

「山菱不動産がバブル期に裏仕事を託していた企業はご存知ですね」

「神山建設と東西建設……東西建設はリーマンショックのあと倒産した」

「ええ。しかし、東西建設の社員の半分は神山建設に再就職しました。神山建設の業績は良好とは言いがたいのに、東西建設の社員を受け容れたのは山菱不動産の支援が確約されたからだといわれています」

「そこまでは耳にしてる。東西建設があぶない地上げ屋たちをかかえていたこともな」

鶴谷はそっけなく言い、コーヒーを飲んだ。やたら苦い。

「さすがと言えば叱られますね。その東西建設の下で暗躍した地上げ屋が生き残り、いま息を吹き返そうとしているようです」

鶴谷はカップを戻し、加倉を凄むように見た。

加倉はその意味を察したようだ。

「他社の記者の情報ではありません。ほかの新聞社同様、我が社の経営は苦しく、ボーナスのカットに続き、給料も減額されそうです。なので、あの百万円が利きました」

「そっくり渡したのか」

「情報収集にはカネを惜しまない……あなたのまねをしたのです」

「ふん」

「うちの経済部の記者二名が、本業そっちのけで情報を集めています。で、これまでにわかったことは……金森《かなもり》設計事務所……バブル期に東西建設の切り込み部隊として悪名を売った栄和《えいわ》興産の営業部長、金森哲男《てつお》が設立した会社で、栄和興産のような乱暴な手口ではありませんが、実態は地上げ屋そのものです」

「その金森設計が築地場外に食い込んでるのやな」

「はい。東和地所の中村専務が健在のときは東和地所の下請の日東設計が築地場外に乗り込んでいましたが、いまは勢いを失くし、金森設計に取って代わられたそうです」

「中山の政治力が貢献したわけか」

「そのようです。築地場外は、いわば中山の縄張り……去年の暮れに民和党が政権を奪還したあと、築地場外の大店のほとんどが中山事務所の後援会に入りました」

「なるほど。で、山徳と裏契約を結んだのは金森設計か」

「断定するにはもうすこし時間がかかるかと……いま、ウラ取りに奔走しています」

鶴谷はポケットの札束をテーブルに置いた。五十万ほどある。

「とりあえずの軍資金や。あしたにでも、まとめて振り込んでおく」

加倉がカネをポケットに収めた。

「今週が……二十一日からの三連休が山場になりそうや」

「なんとかするようはっぱをかけます」

鶴谷は頷き、すこし間を空けた。

「おまえにやってもらいたいことがある」

「なんでしょう」

にわかに、加倉の目が熱を帯びた。

「民和党の中山の情報を永田町に流せ」

「どんな情報ですか」

「収賄か、政治資金規正法に抵触する疑惑か……とにかく、カネにまつわる情報や」

「デマを流せと」

「デマやない。事実の可能性がある未確認情報や」

加倉の眼光が鋭さを増した。

鶴谷は睨み返すように、それを受け止めた。

「山徳の裏契約の事実を摑んでも、交渉の決め手にはならん。たとえ山菱不動産が金森設計に土地買取の資金をまわしているとしても、直接的な行動はとってないはずや」

「そうか」

加倉が声を弾ませた。

「神山建設ですね。山菱不動産は神山建設を迂回して資金を提供している」

「俺はそう読んだ。あたっているなら、金森設計から山菱不動産にたどり着くのは厄介で、時間もかかる。津島が折れるとすれば、ＪＩＰＡか政治家がダメージを被る場合にかぎられると思う。一の標的は中山……つぎは『築地の未来を考える会』。それに、ＪＩＰＡの不正疑惑を絡めることができれば……」

勝てる。

最後のひと言は胸に留めた。

「わかりました」

加倉が言ったあと、口をまるめて息を飛ばした。

「『築地の未来を考える会』をゆさぶる情報も考えます」

「会の設立時期は決まったのか」

「来月上旬の設立をめざしている模様です。そのことで些《いささ》か気になるのは、会の陣容も方針も確定しているのに、設立を急ぐ気配がないことです」

「どんな陣容や。中山は」

「幹事は七名。代表幹事には民和党都連の幹事長が就き、中山は幹事と事務長を兼務し、ほかの五名の幹事のうち三名が東京を地盤にする議員で、衆議院東京比例選出の警察族議員、正木隆明も名を連ねています」

　正木の名は木村の報告で知っている。しかし、なぜ正木の名だけを口にしたのか。

　その疑念が声になる。

「正木の経歴は」

「警備部畑ひと筋で、最終職歴は審議官。官房長になれる器との評判だったのですが、五十二歳で政界に転出し、現在三期目です」

「ふーん」

　鶴谷はそっけなく返し、話を元に戻した。

「連中は事業計画の見直し案がＪＩＰＡの理事会で承認されるのを待ってるのやろ」

「なるほど。あたらしい事業計画に沿って活動する……そういうことですね」

「わかったら、さっそく怪文書をつくれ。マスコミにも流せ」

　加倉が返事もせずに立ちあがり、ドアにむかった。

鶴谷は、その場に残り、携帯電話を手にした。

十五分後、喫茶店の前の路肩にアルファードが停まった。

車内のテーブルにはコーヒーが用意されていた。

それを飲んで、煙草を喫いつける。動く前線基地での習慣になった。

窓を見た。

空の青も白い薄雲も秋の気配がある。いつの間にかという感を覚えた。

「あと一週間ですね」

声がして視線を戻した。

木村の声に焦りは感じられなかった。

人は、重大な局面にさしかかると、自信があろうとも何がしかの不安が頭をもたげ、それがちょっとした仕種や声音《こわね》に表れるものだが、加倉と木村からは微塵も感じ取れない。胆が据わっているのか。責任感が強いのか。あるいは、根っこの気質によるものか。ときおりそんなことを思うけれど、斟酌したことはない。己の立ち位置と他人との距離がずれることを恐れているからだ。

「松下久美の、第三の男が判明しました。神山建設の常務、赤城勝利です」

「間違いないんか」

「先日ご報告したコンビニの店員に、監視および調査対象者全員の顔写真を見せたところ、その店員は迷わず赤城の写真を指さしました。おなじ店の別の店員も赤城を見たことがあると……二人とも松下久美が気になる存在だったようです」

「ほかの証言は」

「得られていません。が、動かぬ証拠を摑めるよう、手は打ちました」

「大丈夫か」

打つ手の中身を推察し、不安が声になった。中身を訊いても木村は応えないだろう。

「ご心配なく。個人としてのつき合いの範疇です」

「わかった」

そう返したものの、不安がため息になった。しかし、引き摺らない。

「久美と保利の関係で進展はあったか」

「きのうの夜も保利は久美のマンションに足を運びました」

おとといの報告書に、保利は久美とマンションを出たあと、ひとりで酒場へ行き、午前零時近くになって久美のマンションに戻り、インターホンを押し続けたが、三十分ほどして離れ、タクシーに乗って自宅に帰った、とあった。

その日、久美が帰宅したのは午前四時前である。

木村が話を続ける。

「保利は取引先の会食をおえると久美のマンションへむかい……途中、何度か携帯電話を耳にあてていたそうで……午後十一時過ぎにマンションに着き、前回とおなじようにインターホンを押し続けたと……久美は午後六時に退社し、自宅近くの中華料理店で夕食を摂ったあと、午後八時半に帰宅していたので、居留守を使ったと思われます」

久美のほうから接触を断った。

そういうことだろうが、気になることがある。そう決断したのはいつなのか。月曜の昼の短い時間に揉め事がおきたのか。二人の間だけのことなのか。

鶴谷は頭をふって疑念を払った。

「津島との関係はどうや」

「事実関係は摑めていません。久美が総務部広報課から異動になったとき、社内で津島と久美の仲がうわさになったようですが、そのうわさもすぐに消え、それ以降は久美の男関係がうわさになったこともないようです。もっとも、久美は同僚との私的なつき合いがほとんどないそうで、同期入社組の食事会にも参加しないとか」

「評判が悪いわけか」

「そういうこともありません。いまふうに言えば無関心となるのでしょうが、久美は社内と社外をはっきり分けるタイプと言う同僚もいました」

「久美の両親は離婚してたな」

「はい。久美が中学三年のときです。報告のとおり、母親の浮気が離婚の原因のようで、ひとり娘の久美は父親に引き取られました。縁者の話によれば、久美は母親を憎み、母親との接触を完全に断ったそうです」

母親への憎悪だけなのか。

ふと、その言葉がうかんだ。もちろん、声にはしない。

「久美の身辺調査に人員を割きますか」

「いらん。女絡みのネタでおとせる相手やない」

「では、最後の指示をお願いします」

木村がためらいもなく言った。

——今週が……二十一日からの三連休が山場になりそうや——

数十分前にそう話したときの加倉の目が映像になり、木村の目とかさなった。

胸のうちを読まれている。

そう感じたが、どうでもいいことだ。

「民和党の中山、山徳の専務、神山建設の赤城に的を絞って、情報をかき集めろ。津島と保利、久美はこれまでどおりの監視でいい」

「よろしければ、三人に絞られた理由を教えてください」

「疵と隙……それも交渉に使える疵があると思えるのがその三人や」

「わかりました。全力を尽くします」

「ひさしぶりに聞いたわ」

木村が頭を掻いた。

その仕種も何年ぶりかに見た。

「前言は撤回させてください。必ず有力な情報を入手します」

「あてにしてる」

鶴谷はさらりと返し、車窓を見た。

薄雲がひろがり、空はぼやけた青になっていた。

なんとなく、気分が落ち着く色だった。

第四章　胆斗の如し

ジャガーXKRコンバーティブルが闇の深まる都心を滑るように走る。

白金台のマンションを飛び出して十分が経つ。港区芝の大本山増上寺の前を通り過ぎ、まもなく新橋にさしかかる。ときおりミラーで確認しているが、追尾してくる車は見あたらない。そうされても、パトランプを回さないかぎり、振り切る自信はある。

十五分前に優信調査事務所の木村から電話があった。

――赤城が阿佐ヶ谷の自宅を出ました。三分前、午後八時十五分のことです。運転する自分の車に大型のキャリーバッグを載せました――

まくし立てるような早口だった。

鶴谷は瞬時に頭を働かせた。

神山建設の赤城常務を監視しているのは私立探偵である。その男が赤城の車を追尾していることを確認し、木村にもあとを追うように指示した。

車に乗ってからはブルートゥースを使ってずっと話している。

《四谷見附で赤城の車の背後につきました。新宿通を半蔵門方面へむかっています》
「スピードは」
《法定速度内です。運転を見るかぎり、急いでいる気配はありません》
「おまえのほかに尾けてる車はおるか」
《いいえ。自分の部下の車だけで、警察車両らしきものは見あたりません。それに、桜田門の動きが止まったとの情報を得ています》
「監視中の連中はどうしてる」
《津島は銀座のクラブ・菜花で遊んでいます。入ったときからずっとひとりです。保利は、会社の同僚二人と新橋の焼き鳥屋を出て、七分前にガールズ・バーに入りました。伊藤は夕方にＪＩＰＡ本部から神山建設本社に移動し、いまも社内にいる模様です。松下久美と山徳の専務は自宅にいます》
「久美は何時に帰宅した」
《午後七時十三分です。自宅近くの蕎麦屋に寄ったあと家に入りました》
やはり久美のところか。
その思いが声になる。
「久美のマンションに駐車場はあるか」

《あります。が、久美は車を持たず、駐車場の賃貸契約を結んでいません》
「近くに駐車場は」
《確認します》
しばらく間が空いた。
《マンションの斜め前の角地に時間貸しをやっている駐車場があります。百メートルほど離れたところにも……こちらは半分のひろさです》
「部下の車を半分のほうの駐車場へむかわせろ」
《わかりました》
数秒のち木村が別の電話で指示する声が聞こえた。
「いったん切る」
鶴谷は短く言い、ブルートゥースを操作した。
とたんに元気な声が届いた。
《反応がありました》
東洋新聞社の加倉も早口だった。
「いま忙しい。手短に言え」
《中山が永田町のホテルに入りました。三十分前のことで、民和党幹事長代理の稲村将志《いなむらまさし》に

呼びつけられたようです》
「中山を見張っていたのか」
《そうです。同僚の二人も『築地の未来を考える会』に参加する警察族議員に張りついています。けさ怪文書を撒《ま》いたので、動きがあるとすればきょうかなと……》
「なんで警察族議員なんや」
《カネにまつわるうわさがでたとき、最初に反応するのは警察族議員です》
「見張りを続けろ。手が空き次第、俺から連絡する」
《もうひとつ報告を……山徳の専務と神山建設の伊藤副社長を仲介したのは中山です。二年前の後援会の宴席で二人を引き合わせたという複数の証言を得ました。その場には神山建設の赤城常務もいたそうです》
加倉には銀座のマリの話を教えていた。そのウラを取ったのだ。
「ようやった。引き続き頼む」
電話を切るなり木村につないだ。
木村の声のほうが先だった。
《半蔵門を右折し、晴海通を直進しています。もう間違いありませんね》
安堵の声がまじった。

「心配してたんか」

《そういう性格です》

「赤城が首都高速道路にのらなかったことで空港行きは消えた。津島も保利も酒、保利に関してはは赤城との接点がない。山徳は自宅……伊藤の線は残るが、赤城が旅行に出るとすれば久美の可能性が高い」

《恐れ入りました。で、いまどちらですか》

「月島についた。これからマンションに近いほうの駐車場に入る」

《空きがない場合は半分のほうへ行かれますか》

「心配するな。俺は運が強い」

言いおえる前にハンドルを切った。

駐車場の入口に、空きを示すランプが灯《とも》っていた。

煙草が短くなったとき、黒のカムリがゆっくりと駐車場に侵入してきた。

後続のアルファードは駐車場の出入口を過ぎたところで停まった。

鶴谷は愛車から離れ、路肩のアルファードにむかって歩いた。

リアウインドーが開き、木村が顔を覗かせた。目つきが鋭くなっている。

「どうされます」

「赤城となかに入る」

「同行しましょうか」

「邪魔や」

つっけんどんに言った。

「その後の予定は」

「未定や。けど、どこにも逃がさん」

「わかりました。どんな状況にも対応できるようにしておきます。これを……」

木村が手のひらを出した。十グラムもないICボイスレコーダーだった。

その電源をオンにして、ジャケットの内ポケットに収める。

「やつが車を出ました」

鶴谷は、ふりむきもせずに歩きだした。

マンションの玄関脇に立ち、携帯電話を耳にあて、ひとり芝居を始めた。

靴音に続いて、インターホンのやりとりを聞いた。

扉が開く。

鶴谷は身をひるがえして、エントランスに入った。

赤城が気にするふうもなくエレベータの前に立ち、ボタンを押した。

「松下久美に用があるんか」

鶴谷は身体を寄せ、低い声で話しかけた。

赤城が顔をむけた。目がまるくなっている。

「俺の女に何の用や」

「な、な、なんて……」

しどろもどろで声にならない。

エレベータが降りてきて、扉が開いた。

鶴谷は赤城の右腕を摑んだ。彼の左手はキャリーバッグを引いている。

「乗れ。話の続きは久美の部屋でする」

赤城は逆らわなかった。いかつい顔は蒼白で、くちびるがふるえている。

七階にあがり、久美の部屋のチャイムを鳴らした。

すぐにドアがすこし開き、久美が半身を覗かせる。

「あっ」

久美が声を発した。

かまわずドアを引き開け、赤城を押し込んだ。

「なによ、いったい」

久美の声がとがった。

鶴谷は久美の身体を抱きかかえるようにしてなかに入り、ドアをロックした。

わめきちらす久美の口にキッチンタオルを詰め込み、クローゼットにあった布のベルトで後ろ手に縛ってからリビングのコーナーソファに座らせた。

その一分ほどの間、赤城は呆然と突っ立ち、ひと言も発さなかった。

——態度はでかいくせに、蚤《のみ》の心臓。よく部下を怒鳴るけれど、反論されると右往左往する……社内の赤城評は概《おおむ》ねおなじ。家はカカア天下……近所のうわさは似たり寄ったりで、休みの日に買い物袋をさげ、女房の後を歩く姿がしばしば目撃されている——

木村が雇った私立探偵の乱雑な報告書が頷けるほどの狼狽ぶりだった。

久美は自由を奪われても足をばたつかせて抵抗した。目はつりあがっている。

鶴谷は、テレビのコードで赤城と久美の脚を括《くく》りつけた。

二人の携帯電話をポケットに収め、固定電話のプラグを引き抜く。

そのあとでテーブルに腰をおろした。手を伸ばせば二人に届く距離だ。

体重は倍ほど違うけれど、久美のほうがおおきく見える。半袖のボタンダウンのシャツにコットンパンツ姿の赤城は歯が鳴るほどに身体をふるわせ、紫のタンクトップにクロップドパンツの久美は言葉にならない声を発し続けている。

右手で赤城の頬を張った。

赤城の瞳が固まり、ようやく声が洩れた。

鶴谷は、クローゼットの前にある旅行鞄を指さして訊いた。

「二人でどこへ飛ぶ予定やった」

「………」

「応えんかい」

「香港」

蚊の鳴くような声はふるえていた。

「何日や」

「あしたから、とりあえず一週間……」

「JIPAの臨時理事会が無事におわるまでか」

赤城がきょとんとした。

「津島から臨時理事会のことを聞いてないんか」

「知らなかった。そこで、なにが……」

津島のやることは徹底している。

そう思った瞬間にひらめいた。楔《くさび》を打てる。

質問を変えた。

「久美と何回寝た」

「……」

「松下久美と肉体関係があるのは認めるか」

赤城の顔が上下する。

「口で応えろ」

「認める」

「いつからや」

「去年の暮れ……業界のパーティー会場で津島専務に紹介されて名刺交換したのがきっかけだった。翌週に挨拶の電話がかかってきて……親しみを感じる口ぶりに、つい食事に誘ったのだが、すんなり受けてくれるとは……」

久美が赤城に身体をぶつけた。のしかからんばかりの勢いだった。

鶴谷は、久美の腕を引き、床に移した。

久美の顔がゆがんだ。括りつけられた脚が痛かったのだろう。

そんなことに構ってはいられない。

「その夜に寝たんか」

「久美が酔って……そのあと、わたしがどうしたのか、記憶にない。ほんとうなんだ。抱いたあとで、これは夢ではないかと思ったのを覚えている」

だまされようとも納得できる。世のなかにはそんな女もいる。

だが、赤城に同情する気はさらさらない。

「はめられたようやな」

「えっ」

「久美は津島の女や」

「そんな……」

声が裏返った。

「気にするな。はめられたのはおまえひとりやない」

鶴谷は数枚の写真をテーブルに置いた。木村の部下が撮影したものだ。

久美と保利がマンションから出てくるところを写した一枚を指さした。

「この男を知ってるか」

赤城が写真を手にした。

「山菱不動産の保利かな。何度か顔を合わせているが、まともに話したことはない」

「久美はこの男とも寝てる。この部屋でな」

「………」

赤城が久美を見た。

久美はそっぽをむいている。暴れるのに疲れたか、諦めたか、おとなしくなった。

「これを見ろ」

別の一枚をさした。ホテルにいた津島と久美が写っている。

「おなじ日に撮ったものや」

赤城がじっと写真を見つめた。

「伝書鳩か」

鶴谷の声に、赤城が顔をあげた。虚脱感に捉われているように見える。

「久美を通して津島の意向を聞いてたんか」

赤城が首をふる。

「それなら監視役やな。久美は津島の目になり、耳になった」

写真がおちた。

墜《お》ちる。

鶴谷はそう直感した。息をする間も惜しくなった。

「民和党の中山は知ってるな」

「えっ」

「中山の仲介で、神山建設は築地場外商店街の土地買収に乗りだした。先行していた日東設計を追い払い、いまでは神山建設の独擅場らしいな」

「知らん」

赤城が激しく首をふった。

「金森設計事務所の金森哲男……こっちも証拠を見たいんか」

語気を強めた。はったりは攻めてこそ活きる。

赤城がなにか言いかけたが声にならなかった。

鶴谷は畳みかけた。

「泥は神山建設が……あんたが被ることになってるのか」

「泥なんて……」

「副社長の伊藤は津島に頭があがらん。民和党の中山、『築地の未来を考える会』、築地場外……腐敗の絵図を描いた張本人は津島や。津島は、中山の政治力を利用し、伊藤を介して神山建設に汚れ仕事をやらせた。腐敗の……いや、構造汚職の構図があきらかになっても、山菱不動産と津島は司法とマスコミの追及をのがれられる」

　鶴谷は声を切り、身を乗りだした。

「けど、あんたはのがれられん。金森設計事務所を動かしているのはあんたや。あんたはスケープゴートにされ、伊藤と二人で泥を被ることになる」

「……………」

　また赤城の顔が痙攣《けいれん》しだした。

「俺に協力せえ。そうすれば、あんたを護ってやる」

　赤城が目をぱちくりさせた。

「腐敗の構図を公にする気はない。交渉の道具にするだけや」

「ほんとうか」

「ああ。それに、あんたはもう俺に逆らえん」

　鶴谷はポケットのＩＣボイスレコーダーをテーブルにのせた。

「協力を拒否すれば、これを会社と家に送りつける」

　赤城が倒れるようにソファにもたれかかる。

「ええか。これをばらまけば、会社でも家でもおまえの立場はなくなる。カカア天下の女房は愛想をつかして離婚する。常務の肩書をはずされ、子会社に飛ばされるか、へたをすればクビになる。それくらいわかるな」

　赤城が頷く。空唾をのんだようにも見えた。

「ついでに言うと、この女がおまえの面倒を見るわけがない。それもわかるな」

　赤城がうなだれた。

「よし。でかける」

「どこへ」

「あんたを一週間、匿《かくま》ってやる」

　久美をちらっと見てから言葉をたした。

「この女は津島に喋る。そうすると、津島はおまえだけを警察に売る。津島と警察族議員の関係は知ってるな」

「伊藤さんから聞いている」

「さっきも言ったが、俺は、あんたがやってきたことを警察沙汰にするつもりはない。それどころか、あんたの協力次第で津島を潰したる。そうなれば、築地場外の利権は神山建設の……あんたのもんや」

「そんなにうまく……」

「いかせるのが俺の仕事や」

「いったい、あなたは何者なんだ」

「鶴谷いう者や」

「あなたが捌き屋の……」

「どうや。俺にまかせるか」

赤城が思案顔を見せたのは数秒だった。

「そうする。ほかに道はなさそうだ」

声に張りがあった。

鶴谷はブルートゥースを操作した。

「十分後に地下の駐車場に下りる。俺の車を移動させろ」

仕事を依頼している間は、ジャガーのスペアキーを木村に預けている。あらゆる事態に即応できるようするためだ。

《わかりました。面倒はありませんか》

「ない。二人とも上品や」

話しおえるや、腰をあげた。

久美が頭をふった。身体を捩りながら立ちあがろうとする。

「おとなしく話すか」

久美が顔を上下させるのを見て、口からタオルを抜き取った。

「わたしはどうなるの」

いきなりの声に怒気は感じなかった。

赤城とのやりとりを聞いているうちにいろいろ考えたのだろう。

「津島に相談せえ」

「冗談じゃないわ。わたしは面倒事にかかわってないのよ」

「それならビビることはないやろ」

「ないけど……」

「なにをねだった」

「えっ」

「赤城の守《も》りの見返りや」

久美の瞳がぶれたが、それは一瞬のことで、すぐ目に熱がこもった。

「どうした」

「あなたの運のほうが強そう」

「……」

「わたしも連れ出して……協力するわ」

「用意せえ」

あっさり返した。想定内で、だから、十分と長めの時間を告げたのだった。

鶴谷が久美の部屋に乱入した時刻、津島は自宅で湯槽に浸《つ》かっていた。

金曜に家で晩飯を食べたのはいつ以来か。あす女房と映画を観に行く約束をした。そっちは覚えている。初めてのデートのときだった。

長かった。

ぬくもりのなかでじわっと感慨がめばえた。

この二十年あまり、東和地所の中村八念と比較され、彼の背を見ながら生きてきた。

――山菱不動産の津島は切れる男だ。だが、東和地所の八念のように、骨をも断ち切る力強さはない――

社内で実績と出世を積みかさね、業界に津島忠成の名が浸透するようになってから、ずっと二番手の評価にあまんじてきた。それは四年前に八念が非業の死を遂げたあとも変わらない。怪物・八念は伝説の人物となり、業界内で彼の実績は企業戦士のお手本のように語り継がれてきた。

その八念を超える瞬間が近づいている。前に人の背を見なくて済む。追われる立場になるけれど、それは男冥利に尽きるというものだ。

山菱不動産社長の座を、そして、JIPA理事長の座を摑み取り、財界に君臨する。築地市場の跡地再開発が己の飛躍の足場となる。

捌き屋ごときに屈するわけがない。

それは確信としてある。これまでも行く手を阻む難敵を倒してきた。

しかし、理由もわからず不安になる一瞬がある。

九月十日の初対面から十日が過ぎた。鶴谷とは二度言葉を交わしたが、交渉というにはほど遠い、いわば雑談のような内容で、駆け引きも威されることもなかった。

それが却《かえ》って神経にふれ、不安を誘ったのかもしれない。

――赤城の周辺に敵があらわれれば……そのときは、一緒に海外へ飛んでくれ――

秘書の久美に言ったことが不安をあおり、決断を急がせた。不安の芽はおおきくなる前に摘み取る。あの翌日、神山建設の赤城に海外旅行を命じたのだった。

――これからでかけます。あす、午前中の便で発《た》ちます――

風呂に入る前に赤城からそう連絡があった。声が弾んでいるように感じた。

「のんきなやつだ」

ぼそっと声になった。

目を閉じると、久美の姿態がうかんだ。いい女だった。

——退屈な旅行ね。セックスも下手だし……——

鼓膜に艶のある声がよみがえった。縁を切るのは惜しい女だ。さみしい気がする。

それも一時の感傷だろう。

「あなた、電話が鳴ってるわよ」

女房のあかるい声が届いた。

「わかった。そのままにしといてくれ」

携帯電話は身内であろうと触らせない。

誰かな。

ふと、思った。赤城からは連絡があったばかりだ。久美は仕事の用でないかぎり電話をよこさない。保利か伊藤か。どちらもピンと来なかった。

電話は民和党衆議院議員の正木隆明からだった。

滅多に電話をよこさない相手だ。それでも深くは考えなかった。ぬかりなく手を打ち、あとは二十六日のＪＩＰＡ臨時理事会を迎えるばかりである。

缶ビールを手に書斎に入り、アームチェアに腰をおろした。

着信履歴の最新の数字を押し、携帯電話を耳にあてた。

「申し訳ありません。風呂に入っておりました」

《のんきな男だね》

蔑むようなもの言いだった。

いきなりのひと言に血が熱くなりかけた。それを堪えて訊いた。

「なにかあったのですか」

《いま、君の秘書のマンションに、赤城と鶴谷がいる》

「どういうことですか」

声がうわずった。

《鶴谷を監視する者からの報告では、鶴谷は秘書のマンション前で赤城を待ち伏せしていたらしく、赤城をかかえるようにしてエレベータに乗ったそうだ》

「犯罪じゃないですか」

声がとがった。

「警察を動かしてください」

《できない》

「なぜですか。拉致でも不法侵入でも……」

《むりなのだ》

「理由を教えてください」

《鶴谷が秘書の部屋に入る直前、我が党の幹事長代理が中山さんを呼びつけた。いまもホテルで話し合いが続いており、参議院の飯塚も同席している》

　呼び捨てにした飯塚は正木の後輩である。

「それと鶴谷の暴挙を止められないことがどうつながるのですか」

《けさ、各政党の本部に怪文書が配られた。築地場外商店街に地上げ屋、暗躍。民和党議員が関与か……それが冒頭の見出しで、本文には民和党N議員、Y不動産、K建設、築地場外商店街の老舗四店……いずれもイニシャル表記で、JIPAと『築地の未来を考える会』も記載されている。文面を読めば、N議員、Y不動産、K建設が標的なのはあきらかだ。いまへたに動けばよけい厄介な事態に発展する》

「しかしながら……」

　津島は不満を堪え、あらたな不安を口にした。

「怪文書にはカネの流れのことを……」

《よさないか》

　怒声にさえぎられた。

《つまらんことを口にするな》

「申し訳ありません」

《怪文書には違いないが、よくできている。読んだ者は現実と照らし合わせ、想像をふくらませるだろう。丁寧な取材をしたと推察できる。政界と経済界の裏事情に精通する者が作成したものと思える》

「裏づける証拠も示してあるのですか」

《スキャンダル疑惑に証拠は要らんよ》

正木が吐き捨てるように言った。

言い返せなかった。そのとおりだ。証拠があれば疑惑ではなく、事件になる。

「怪文書に、鶴谷が関与しているとお考えなのですか」

《その可能性は高い。タイミングが良すぎる。我々には最悪のタイミングだが》

「民和党はどう対応するのですか」

《それが読めないから静観するしかないのだ。よもや中山さんが疑惑を認めるとは思わないが、官邸も党幹部も神経をとがらせている。なにしろ二〇二〇年の東京オリンピックが決定した直後だからな。東京そのものが再開発され、その中核となる築地市場がスキャンダルにまみれれば政府も都も行政が立ち行かなくなる》

あぶない話をしているのに、他人事のような口調だった。
怪文書を握り潰す自信があるのですか。
そう訊きたかったが、別の質問をした。
「なんとか赤城を奪い返せませんか」
《むりだと言ってる。訊くが、君は赤城をどこまで信頼している》
「それは……」
口ごもった。信頼してないとは言いづらい。していると言えばうそになる。
《相手は凄腕と評判の捌き屋だ。赤城では一時間と持たないだろう。赤城の奪還よりも次善策を講じるほうがいいのではないか》
「もちろん、早急に講じます。ですが、赤城がどこまで喋ったのか……」
《あまいな》
にべもなかった。
《もうすこし知略に長けてると思っていたが……あまりに順風満帆すぎて、切れ味抜群の刀も錆びついてしまったか》
「お言葉ですが、まだ敗れたわけではありません」
頭にのぼった血が沸騰しかけている。先刻から正木は言葉の端々に侮蔑と揶揄をにじませている。正木の本音はどこにあるのか。それがわからず苛立ちが募りだした。
《くだらんことを……負けてもらってはこまる。このさいだから言っておくが、党の対応次第で、我々は手を退くこともありうる》
「我々とは『築地の未来を考える会』幹事の先生方をさしておられるのですか」
《会の設立さえあやうい》
「冗談ではありません」
ついに我慢の蓋がはずれた。
「いまさら……」
《待て》
強い口調にさえぎられた。
《その先は声にするな。最後の警告だ。くだらぬことを口走れば……わたしは降りる》
「そんな……」
声がひきつった。夢にも思わなかった威し文句である。
《それほどの事態だと思え。怪文書は民和党だけでなく、各政党に……マスコミにも配られた。騒動がひろがれば警察は捜査に乗りだすしかない》
「わたしを……わたしだけを司法に売るつもりですか」

《売るとは何だ。利権と正義……警察がどっちを護るべきか……赤児にもわかる》

どちらも違うでしょう。

もうすこしで声になるところだった。

警察組織は保身がすべてに優先するのでしょう。

そう言えば、正木は即座に自分を見切るだろう。

ここは最後の我慢をするしかなかった。

一時間後、津島は着替えを詰めた手提げバッグを手に赤坂のホテルに入った。警察族議員の正木と電話で話したあと、すぐさまスイートルームを四日間予約した。

なんとしても、あすからの三連休の間に防御策を講じる。

頭のなかはそのことで一杯だった。

正木の話は疑う余地がない。あのあと、赤城と久美の携帯電話を鳴らしたが応答はなかった。警察が動かないことも理解している。

五分と経たないうちに部下の保利が、さらに五分して神山建設の伊藤がやってきた。呼ばれた理由を話していないせいか、二人とも不安そうな顔をしていた。

レストルームのソファに二人をならんで座らせた。

津島は伊藤を見据えた。

「赤城が鶴谷に攫われたようだ」

「えっ」

伊藤が目をまるくした。

となりの保利はきょとんとしている。

「赤城は鶴谷の攻めに耐え切れないだろう。なにしろ小心者だ。だからわたしは、赤城を関係者から遠ざけ、直接指示をだしていたのだ」

「承知しております」

伊藤が神妙な顔で応えた。

保利がなにか言いたそうに口を動かしたが声にならなかった。

津島は、それを無視し、伊藤に訊いた。

「赤城の仕事の詳細を知っているか」

「報告は受けております。が、あなたへの報告以外の情報は得ていないと……」

「よけいなことは言うな」

津島は目と声で釘を刺した。

保利は赤城のことを、赤城が築地場外を担当していることを知らないのだ。

「信頼できる部下はいるか」

「はあ」

「信頼できなくてもいい。身近に、社のために汗をかく者はいるか」

「何人か……」

「その連中を本社に集めろ」

「これからですか」

「そうだ。一刻の猶予もない。あんたが陣頭指揮をとれ」

「なにをするのですか」

「ばかな質問はするな」

怒鳴りつけた。正木と話してから頭に血がのぼったままである。

「連休中に、赤城がかかわった事案の書類をすべて抹消するのだ」

「そんなことは不可能だと……どこになにがあるか、さっぱり……それに、関係書類は各部署にあると……とくに経理は……」

伊藤が途切れ途切れに言った。

言葉に詰まるたび、津島の神経はささくれた。

「警察が捜査に乗りだすかもしれんのだ」

「お言葉ですが、鶴谷は警察を頼らないと思います」

「あたりまえのことを言うな」

津島は深く息をついた。おまえはほんとうに財務省の官僚だったのか。そう罵りたいのを必死で堪えた。いまは伊藤を動かすしかないのだ。

「詳細は話せないが、赤城の仕事にまつわる疑惑が政界とマスコミに流れた」

「ほんとうですか」

「だからこうして対応策を指示している。ただちに本社へむかい、全力をあげろ。あんたは副社長なんだ。自分の一存で、関係部署の長くらい呼びつけられるだろう」

「しかし、理由が……正直に話せば、役員会でつるしあげられます」

「会社が傾いてもいいのか。本社に家宅捜索が入った時点で、いや、マスコミが騒ぎ立てても、我が社は神山建設への融資を打ち切ることになる。そればかりか、業務提携についても見直さなければならなくなる」

「………」

伊藤が両肩をおとした。

「それともうひとつ、赤城があらわれても本社に入れるな。鶴谷に威され、関係書類を持ちだすことも考えられる」

津島の本音はそっちにある。

官邸や民和党の判断で、もしくはマスコミに突きあげられる形で、警察が捜査に着手するとしてもそれなりの準備期間が必要になる。どんなに急ごうとも六日後の二十六日までに関係各所に家宅捜索が入るとは思えない。

それよりも、鶴谷がどういう手法で疑惑の証拠書類を入手しようとするのか。

いまはそのことばかりを考えている。

赤城だけでなく、誰も関係書類にふれさせない。それがいまとれる最善の策なのだ。赤城が鶴谷になにを喋ろうとも、証拠がなければつっぱねることができる。

「わかったら、早く行け。何時でもかまわん。状況は逐一報告するように」

言いおえて顎をしゃくった。伊藤の弱り果てた顔など一秒も見たくなかった。

伊藤が去ったあと、津島はひとりで隣室にむかった。

残った保利をどう扱うか。思案の時間がほしかった。久美の話によれば、保利の歯車は狂いだしているとのことだった。そんな男をそばに置いておくのは危険すぎる。

ひろい庭を渡る風はひんやりとし、いまにも鈴虫の音が聞えてきそうだ。

千代田区二番町の松島寮にいる。三百坪はあるか。数寄屋造りの二階建て家屋も、禅寺ふうの質素な庭園も東京のど真ん中にいることを忘れさせる。

バブル最盛期には、連夜の宴会が行なわれたという。霞が関の官僚や大手銀行の幹部を招待し、豪勢な料理と若いコンパニオンでもてなしたとも聞いている。

石灯籠《いしどうろう》の淡いあかりに照らされる庭のどこにもその名残はなかった。

久美のマンション前の駐車場で赤城の到着を待つ間に、松島組の水原に電話をかけた。

赤城の身柄を確保したあとを考慮してのことだった。ホテルは人目につきやすいし、防犯カメラも気になる。東和地所の関連施設は警察に目をつけられる恐れがある。

思案するさなかに、松島組の寮を思いだした。その電話はつながらなかったが、一分と経たないうちに水原が電話をよこした。会食中だったらしい。鶴谷が用件を告げると、水原はかけ直すと言い、つぎの電話で二番町の松島寮の使用を快諾したのだった。

鶴谷は、縁側を離れ、リビングのソファに移った。

正面で、久美が脚を組み、左腕をソファの背に伸ばし、細い煙草をふかしている。先刻の騒動を忘れたかのような表情に見える。

鶴谷も煙草をくわえた。

久美が顔をむける。

「ねえ、これからどうするの」

「どうもせん。しばらく籠城《ろうじょう》や」

「津島は、きっと警察を動かすわ」

「どうして」

「赤城を奪い返したいからよ。あの男は津島の唯一ともいえる弱点……あなたもそう思うから赤城を攫ったのでしょう」

「まあな」

曖昧に返し、天井を見あげた。

赤城は二階のゲストルームで木村の訊問を受けている。餅は餅屋だ。それに、木村が直接聞けば、部下に的確な指示をだせる。

視線を戻した。

「それより、赤城の守りの見返りは何や」

「マンションと退職金……総額三億円ってところね」

「かわいそうに……それがパアになる」

「あなたがいるわ」

久美が平然として言い、ゆっくり首をまわした。

「何の見返りや」

「脅迫と誘拐、および監禁かな」

「くだらん」

「そうかしら」

久美が左腕をソファから離し、身体を正面にむけた。

「あなたは闇の世界で生きているのよね。それなのに、これまで一度も警察沙汰になったことがないと聞いたわ」

「それがどうした」

「警察に目をつけられたとうわさになるだけでも仕事に影響すると思うけど」

「俺を威してるのか。それとも、自分を売り込んでるのか」

「どっちもよ」

「不安なのか」

「えっ」

不意を衝かれた顔になった。

「そうやって、己に価値をつけなければ生きてゆけんのか」

「誰だってそうじゃない」

久美の声に苛立ちがまじった。

鶴谷が見つめると、久美も見つめ返した。

この女は己の意志のままに生きている。

そう感じた。

己の意志が生きる支えなら、己を裏切ることはない。

「ええやろ。津島を見切った見返りは考える」

久美が目を細めた。


翌日は松島寮にいた。木村の報告を聞き、久美の話し相手になった。

動かないと決めている。

赤城は憑《つ》き物がおちたように元気を取り戻し、何でも喋っていると聞いた。

築地場外商店街の土地買収は、ＪＩＰＡと関係なく、津島が、己と山菱不動産の利益のために画策した。山菱不動産がみずからは動かずに神山建設を矢面に立てたのは、民和党の中山との癒着の発覚を危惧したからで、築地場外の土地買収で先行する日東設計に勝つにはどうしても地元選出の中山の政治力が必要だった。

――中山先生の指示どおりに動き、地主や家主との交渉は下請にまかせる。それが津島さんに命じられたことだった。中山さんの仲介でわたしが面談した地主や家主は中山事務所後援会の方々で、友好的な話し合いが持てた。書面上の作業は金森設計事務所にやらせたが、わたしとの面談の時点で交渉はほぼ合意に達していた――

赤城はそう供述した。

木村が中山への贈賄について質すと、赤城はみずからの関与を否定し、こう言った。『築地の未来を考える会』にも何らかの支援、援助が行なわれていると感じた。

――長年の経験からして、中山さんには多額のカネが渡っていると思った。だから、山菱不動産は交渉を神山建設に委託し、さらに下請を使うよう指示した――

津島は、神山建設と金森設計事務所を使い分けていただけでなく、神山建設内でも裏ガネ工作と土地買収とで、伊藤と赤城に役割を分担させていたのだ。

――あぶない橋を渡っているという認識はあったが、山菱不動産には、津島には逆らえなかった。それは伊藤副社長もおなじだと思う――

そう言ったあと、赤城は深々と嘆息をついたという。

夜になって風がでてきた。

鶴谷は庭に立ち、空を見あげた。

何層もの雲が薄墨を渡すかのように、西から東へ流れている。

そんなことにも感情がゆれる。胆を据えているつもりだが、不安は拭えない。確信は推測に逆戻りし、推測は遺棄したはずの疑念をよみがえらせる。

幾度も修羅場を潜ってきたのに、おなじことをくり返している。

「普段は静かに生きてるのね」

背に声が届き、ふりむいた。

いつの間にか久美が縁側に腰かけていた。髪が風とたわむれている。

「庭に溶けそうだった」

「………」

無言で久美の表情をさぐったが、部屋の照明を背にしているので読めなかった。

「おまえも、きょうはおとなしい」

「つかの間の休息よ……ここを出たら、またバトルが始まるわ」

鶴谷は笑って返した。

バトルという表現に違和感は覚えなかった。そういう女なのだ。

ポケットがふるえた。

携帯電話の数字を見て、耳にあてた。

「なんや」

《どつくぞ》
　破声が鼓膜に響いた。電話をよこす白岩の声はいつも元気がよすぎる。
《ほかの言葉を知らんのか》
「うるさい」
《ほう。友が元気でなによりや》
「ご託はええ。用を言え」
《来月早々そっちに行く》
「来んでええ」
《そうはいかんねん。康代ちゃんのお供や》
「なんで康代が……」
《おまえに話があるそうな。結婚の相談かもな》
「あほくさ。学生になったばかりやないか」
《時代遅れなやつよのう。まあ、ええ。娘にしけた面、見せるなよ》
　言い返す前に通話が切れた。
　縁側に久美の姿はなかった。
　静かな庭の真ん中で、しばらくぼんやりしていた。

五分は過ぎただろうか。

また携帯電話がふるえた。外出中の木村からだった。

《あした、お時間をとれますか》

「何時や」

《午前中であれば、あなたに都合を合わせるそうです》

「誰や」

《自分の元上司ですが……申し訳ありません。先にご返答を……》

そばに人がいると感じた。

「午前十時に会う」

鶴谷はためらいなく言った。

ようやく動きだした。

にわかにその実感がめばえた。

夜が明けたら秋になっていた。

サマースーツを着ているのがはずかしいほど朝の空気はひんやりしている。

優信調査事務所の車で霞が関へむかった。

——ひと癖も二癖もある警察族議員のボスです。自分の恩人ではありますが、どうか、対面されるときは自分のことを忘れてください——

車を降りるさい、木村にそう言われた。

衆議院第二議員会館は見違えるほどきれいになっていた。正面玄関のセキュリティ機能もきびしくなっていて、面会の場に行くまでに手間がかかった。

プレートの熊谷啓三の名を確認し、事務室に入った。

休日なのに女事務員二人と秘書らしき男二人がいた。

名を告げると、応接室にとおされた。

お茶を運んできた事務員と入れ違いに細身の男が現れた。

「熊谷だ」

ぶっきらぼうに言い、鶴谷の正面に座った。

老獪《ろうかい》な政治屋。そんな印象を持ったが、顔立ちに気品のようなものが感じられる。

「鶴谷です」

肩書のない名刺はださなかった。熊谷もそのつもりはないようだ。お互いの立場と、距離は明確に示しておく。そういう意思表示なのだろう。

鶴谷はいっさいのむだを省きたくなった。

「捌き屋の自分に、何のご用ですか」

熊谷が目の周りに皺を刻んだ。

「関西弁だと聞いていた。なまいきな態度だとも……」

そう言って、頬を弛めた。

「気分次第で……話の途中でガラの悪い関西弁になるかもしれません」

「どっちでもかまわんよ」

熊谷が視線をおとし、お茶をすすった。

茶碗を置いたときはもう、老獪な政治屋の顔に戻っていた。

「東和地所の依頼の中身を教えてくれないか」

「お聞きになっていないのですか」

「あいにく山菱不動産とも津島とも縁がない。かつての部下は口が堅い」

「自分もおなじです」

「それでは話にならん。帰れ……と言いたいところだが、そうもいかん。揉め事の仲裁など土下座して頼まれてもご免を蒙るが、これは仕事なのだ」

「民和党の意を受けてとおっしゃられるのですか」

「意はこれから……君との話し合いのあと決まる」

「わかりました」

鶴谷は背筋を伸ばした。

「山菱不動産がＪＩＰＡの臨時理事会に提出する予定の事案を潰す……それが東和地所からの依頼のすべてです」

「事案の内容は」

「五年前に決定した築地市場の跡地再開発計画を見直すというものです」

「五年は短いようで、長い。必要な見直しもあるだろう」

「自分には関係ありません。依頼をやり遂げる……それだけです」

「妥協どころか、議論の余地もないというのか」

「はい」

鶴谷はきっぱりと応えた。

わずかでも隙を見せれば最後、どこまでもつけ入られる。自分はそうする。

熊谷は白いものがまじる眉毛の一本も動かさなかった。

「さっき依頼のすべてと言ったが、間違いないか」

「はい」

「仕事の過程で得た情報はどうする」

「夢のなかに捨てます。仕事をおえた翌朝には忘れています」

熊谷が目尻をさげた。

「約束事も、それを果たした時点で忘れるのか」

「きれいさっぱり」

「なるほど。それが捌き屋として生き続けられる秘訣か」

「………」

「過酷な稼業なのだろう」

「どうでしょう。ほかの稼業を知らないので応えようがありません」

「煙草……喫うのか」

「えっ」

唐突な質問にとまどった。

「一緒にどうだ」

熊谷が上着のポケットからパッケージを取りだした。ショートピースだった。両切り煙草の十本入りである。ニコチンもタールも度が強い。

「頂戴します」

鶴谷はためらいなく手を伸ばした。

熊谷がマッチを擦り、その火をもらった。

肺に入れると噎《む》せそうになった。普段は一ミリの軽い煙草を喫っている。

「いいね」

熊谷が細面に笑みをひろげた。

「つまらん意地と根性……わたしは好きだ」

「………」

「以前はこのテーブルに缶ピースを置いていたのだが、それを見て顔をしかめる連中がいてね……つまらん男が増えたもんだ」

「………」

話に引き込まれそうになったが、捌き屋の理性で耐えた。

灰皿に二本の吸殻が残った。

「本題に入る」

熊谷が真顔に戻した。

「先週の金曜、永田町とマスコミに怪文書がばら撒かれた。君は関与しているか」

「お応えできません」

精一杯の譲歩、いや、誠意だった。

どんな内容かを問わずに応えるのは墓穴を掘るに等しい。しかし、熊谷は文書の内容も言わずに鶴谷の関与の有無を質した。それはつまり、関与を強く疑っている証である。真っ直ぐむかってくる相手には正面で受け止める。それが礼儀だ。

「文書に書かれている内容については、現在、我が党で精査している。きょうの面談はその一環と思ってほしい。君の返答が党の判断に重要な影響を及ぼすわけではないが、今後の対応を想定するうえでの判断材料にしたいと、わたしは考えている」

「あなたの考え……それが党の意思決定に影響を与えるのですか」

「ある部分においてはそうなる」

「警察による捜査が行なわれる可能性もあるということですか」

熊谷の目が笑った。ひややかな笑いだった。

鶴谷は顔をしかめた。

東洋新聞社の加倉に怪文書を作成させたのには二つの理由があった。

ひとつは警察の介入である。民和党以外の政党やマスコミにも流布したのは警察が動かざるをえない状況をつくりたかったからだ。

もっとも警察の捜査による事実の解明を期待したわけではなく、そもそも、築地利権に絡む警察が本気で捜査を行なうとは思っていなかった。

おそらく警察は表と裏の二面作戦を展開し、裏では事態の収束を急ぐと読んだ。熊谷は鶴谷の思惑を推察し、木村を介して面談を求めてきた。その意図は、捜査を行なうか否かの判断のためではなく、捜査の幕引きのタイミングをさぐるためだ。

それに気づくのが遅かった。

だがしかし、だからといって自分に不利な状況になったわけではない。熊谷の術中にはめられたけれど、熊谷の胸中が覗き見えて安堵する自分がいる。

「さっきの話……まともに受け取っていいのだな」

どの話か考えるまでもない。

「仕事が完遂すれば、すべての情報を葬ります」

「逆の場合はどうなのだ」

「仕事をしている以上、自分の頭のなかに失敗の文字はありません。ですが、お応えしておきます。結果がどうであれ、仕事で得た情報は葬る。それが捌き屋の信義です」

「わかった。胸に留めておく」

熊谷が煙草をくわえ、火を点けた。

燐《りん》の弾ける音がおおきくなったような気がした。

翌日の夜、鶴谷は白金台の自宅に帰った。

飼主が帰宅しても、名無しの鯉はピクッとも反応しなかった。いまも、いつものように竜宮城に寄り添い、機械仕掛けのように鰓を動かしている。

鶴谷は籐椅子に脚を伸ばし、それをぼんやり見つめる。

ずっとそうしてきた。鯉が変わらぬかぎり、自分も変わらない。

新潟で行なわれていた錦鯉の品評会に何気なく足をむけ、名無しの鯉を見た。人に囲まれていても絵のようにいる美しい鯉に見惚れた。

気がつけばカネを手にしていたのだから衝動買いである。

しばらくして訪問を告げるチャイムが鳴り、東洋新聞社の加倉が入ってきた。

加倉から電話があって、自宅に帰ると決めたのだった。自宅に招き入れるのは加倉ひとりである。菜衣は発作がおきたときに呼んだけれど、竹馬の友の白岩も、ひとり娘の康代も家に入れたことがない。入れればなにかが変わりそうでこわい。

鶴谷はソファに移り、スコッチの水割りをつくった。

「きのう、議員会館で民和党の熊谷に会った」

「へえ」

加倉が頓狂な声をあげた。

「挨拶をする程度です。それにしてもどうして……」

鶴谷は、経緯を簡単に説明したあと、熊谷とのやりとりをくわしく話した。

加倉はグラス片手に、ニヤニヤしながら聞いていた。

自分が運んできた情報とかさなる部分があるのだろう。

話しおえると、加倉が口をひらいた。

「熊谷は策士だそうです。政界一の策士といわれる方にそう教えられました」

「本家策士とは縁があるのか」

「民和党の幹事長代理の稲村将志……かつて彼の番記者を務めていました」

「中山を訊問した男か」

「ええ。三連休はホテルに缶詰めで関係者から事情を聞いたと、ぼやかれました」

「ぼやかれたとは……」

あることがうかんだ。

加倉がにこりとした。

「ご推察のとおりです。さっきまで、自分も聴取されていました。稲村さんは、自分が怪文書をばら撒いたと確信しているようで、自分の文章の癖など、鋭く衝かれました。といって

「面識があるのか」

も、ホテルの客室ではなく、料亭の個室で……しかも稲村さんは機嫌がよくて、おかげできびしくは追及されませんでした」

「なんで機嫌がよかったんや」

「あなたと熊谷の面談の成果でしょう。怪文書の背景が見えて、対応しやすくなった。雨降って地固まるとも……事態を収束させる自信があるように感じました」

「ふーん」

鶴谷はそっけなく返した。怪文書の件は、その後の展開もふくめて過去のことだ。

だが、加倉は饒舌だった。

「最初に呼ばれた中山は、山菱不動産の津島との連携は東京の再生にむけてのことで、私利私欲で行動しているわけではないと主張したそうですが、怪文書の中身の真偽を追及されると、言葉をさがす様子が窺え、稲村さんはクロと判断したそうです。党の調査機関の報告を受け、翌日に再訊問すると、カネのやり取りの一部を認めたうえで、あくまで政治資金規正法の範囲内を強調したとか……稲村さんは信じていません」

「中山のほかも呼ばれたのか」

「ええ。計六名……全員が『築地の未来を考える会』の発起人で、設立後には幹事となる面々です。警察族議員の二人……とくに、中山と行動を共にすることが多い衆議院の正木隆明はかなりきびしく追及を受けたとか」

「稲村は『築地の未来を考える会』そのものにも疑惑の目をむけているのか」

「もちろんです」

加倉が胸を張った。

「そう仕向けるよう、知恵を絞って書きましたからね」

鶴谷は肩をすぼめてから訊いた。

「それにしても、政界一の策士はお喋りやな。それも、一介の記者を相手に……」

「一介の記者はないでしょう」

文句を言いながらも笑っている。

その笑顔を見て、稲村の思惑が読めた。

「おまえは伝書鳩か」

「そう思います。熊谷の面談に応じたあなたへの返礼だったのでしょう」

「……」

鶴谷は無言で煙草をくわえた。感じるところはあるが、やはり済んだことである。

ゆれる紫煙のなかにピースをくわえる熊谷の顔がうかんだ。

ＪＩＰＡの臨時理事会は、あす九月二十六日の午後三時に開かれる。

その二十四時間前に連絡があった。

――これからご足労を願えないか――

山菱不動産の津島は硬く感じる声でそう言った。

いま、アルファードの車内に木村といる。

木村はおととい の夜からけさまで姿を消していた。

その理由はおおよそ見当がついている。

「ご苦労やった」

「とんでもありません」

「古巣の連中に責められたか」

いつもなら立ち入らないことを訊いた。それほどに今回は木村に本業以外の部分で心痛をかけたという思いがある。

木村が遠慮ぎみに苦笑した。

「警察が本気で……つまり、警察利権を護るためにという意味でしょうが……捌き屋を潰しにかかった場合はどうするつもりだったのかと……自分は、鶴谷さんは警察を敵にまわすようなまねはしませんと応えましたが」

鶴谷はゆっくり顔を左右にふった。

「依頼をやり遂げるためには何でもやる」

「わかっています。ですが、捌き屋は闇の稼業。あなたが犯罪行為に及ばないよう、警察沙汰にならないよう配慮されているのはよくわかっているつもりです」

「いつかは……」

鶴谷はあとの言葉をのみくだした。

予断を持たず、あらゆる事態を想定して稼業を続けてきた。

もうええやないか。のんびりせえ。

家の鯉を見ているさなかに、水槽のむこうからささやく声を聞いたことがある。

——地中海の風に包まれて、康ちゃんと手をつないで歩きたい——

菜衣の声は胸の片隅にたえず在る。

だが、依頼があるかぎり、この稼業を続けてゆくのだろうと思う。

父の自殺と母の衰弱死、刺殺された義父。すべて己が未熟ゆえの不幸だった。それよりなにより、白岩の頬の傷が己の心の疵になっている。

白岩が生きているかぎり、自分が折れるわけにはいかない。

胆斗の如し。

先代の姐に頂戴した言葉かもしれないけれど、白岩が言えば納得する。岩のような胆を持っている者が言うからすっと胸におさまる。

つい、ため息がこぼれた。

「申し訳ありませんでした」

木村が神妙な顔で言い、頭をさげた。

「なんで、あやまる」

「赤城の件です。ほかの者にやらせろと言われたときは些かショックでした。自分への信頼はその程度かと、拗ねてしまいました」

「あほか」

突き放すように言いながらも、本音を口にする木村をうらやましく思った。

「未熟者です」

木村が表情を弛め、言葉をたした。

「ふり返れば、あれが勝因のように思います」

「まだ決着はついてへん」

語気を強めたが、木村は意に介すふうもなかった。

「赤城がキャリーバッグを持って家を出たとの一報を受けたとき、背筋がふるえました。あのタイミングでなければどうなっていたのかと……津島の判断が遅れたのは、あなたが赤城を監視していないと見せかけたからです」

「赤城が突破口になりそうな予感はあった。津島の周囲には結構疵があったけれど、攻略の決め手となると……それに、疵の全容を解明する時間がなかった。いざとなれば赤城を……それこそおまえに迷惑をかけるはめになっていたやろ」

「そうならないよう、もうひとつの手を打たれたではありませんか。永田町に飛び交った怪文書……元の上司に聞かされたときはびっくりしました。あの怪文書は、まさしく絶妙のタイミングで永田町を慌てさせた」

「偶然や」

「そうかもしれませんが、あなたが的確な手を打ったから偶然が……」

「もうええ。きょうのおまえは喋りすぎや」

「すみません」

木村が手を頭にのせた。あまり感情を表にあらわさないのだが、そうしたくなるほど古巣相手に神経を消耗させていたのだろう。

鶴谷は煙草で間を空けた。

すっかり慣れた動く前線基地もこれでしばらく乗らなくなる。

紫煙を飛ばしてから口をひらいた。

「運やな。俺は、人という、かけがえのない運に恵まれてる」

「自分は……あなたのそばにいるほかの人たちも、そのおこぼれに与っています」

木村が臆面もなく言った。

鶴谷はくちびるを曲げた。あほかと言うのは木村の心遣いに非礼である。

木村が言葉をたした。

「寮にいる二人はどうしましょうか」

「二人の好きにさせろ。もっとも、警察の都合もあるやろうが」

「警視庁は公安総務課と捜査二課が別々に内偵捜査を始めましたが、内偵の段階で被疑者と関係者に接触することはありません。本格捜査に移行しても、どこまで捜査の手をひろげるか……自分の感触では、山菱不動産の津島と神山建設の伊藤および民和党の中山の三名に絞っての贈収賄疑惑に留めると思います」

「中山と警察族議員の正木は議員バッヂをはずすそうな」

昨夜に加倉から聞いたことだ。二人が議員を辞職したのち、民和党都連幹事長を代表幹事に据えて『築地の未来を考える会』を設立する予定とも教えられた。

民和党も警察組織も、なにがあろうと築地利権は手放さない。

そういうことなのだろう。

「そうですか」

木村の声に感情はなかった。

鶴谷は話を前に進めた。

「赤城は週末まであそこにおるやろな」

「津島から解放されても、さらにこわい女房がいるというわけですか」

「そのくせ、久美に未練がある。寮で食事をするとき、赤城はいつも久美の正面に座って先のことをいろいろ訊いていた」

「津島の女だと教えたのでしょう」

「その津島が失脚すれば……欲望は尽きんわ」

「久美はどうするのですか」

「わからん」

久美との口約束は木村に話していない。どうなるかは依頼主の対応次第だ。久美の話を聞いて、相当のマンションを用意できるか、東和地所の杉江に打診した。

「念のため、二人が出るまで部下を寮に留めておきます」

「世話になった」

初めて言う台詞は自然にでた。熊谷との面談は木村が骨を折ったと思っている。

木村が目を白黒させた。

鶴谷は、煙草を灰皿に潰し、ドアを開けた。

路上に立って見あげた先にＪＩＰＡ本部がある。


前回とおなじ応接室に案内された。

津島はすでにいて、粘りつくようなまなざしをぶつけてきた。

鶴谷がソファに座っても無言で睨みつける。

それを無視し、煙草をくわえた。

「捌き屋ごときに……」

腹の底から搾りだしたような声だった。

鶴谷は津島を見つめた。何の感情も湧かなかった。自分から話すことはなにもない。

「信じられんよ」

今度はつぶやくように言った。

「君に負けた気がしないのはどういうわけだ」

「俺は勝ったとは思わん」

「どうして」

津島がソファから背を離した。

「勝つか、負けるか……そういう稼業だろう」

「それは他人が判断することや。俺は、ひたすら依頼主のために仕事をやる。完遂して報酬を受け取る。それしきのことや」

「気取るな」

津島が声を荒らげた。

「勝つから高額の報酬をもらえるのだ」

「違うな。勝者は依頼主……俺は傭兵にすぎん」

「そうか。失敗しても失うものがない……そういうことか」

「……」

それも違う。

そのひと言は胸に留め、別のことを口にした。

「あんたはなにを失くした」

「なにも失くしはしない。いまも確たる自信はある。今回は頓挫させられたが、上り坂の途中で躓《つまず》いたようなものだ」

「結構なことや」

「しかし、どうしても気に食わんことがある。わたしは、業界で、いや、財界で一目置かれた存在だった。だから、異例の若さでＪＩＰＡの筆頭理事の地位に就き、それに恥じない実績を積みかさねてきた。対する君は裏世界の一匹狼。誰がどう見ても、わたしのほうに優秀な人材が寄ってくると思うだろう」

「……」

鶴谷は煙草をくゆらせ、あとの言葉を待った。

「わたしは、周囲の者に地位もカネも与えた。気に入っている女も貸してやった」

あほか。

思わず声になりかけた。

津島が堰を切ったように続ける。

「その恩義も忘れて……くだらない連中だったということだ。ある方から、君が使っている者たちは優秀だと……君からの依頼を意気に感じているようだとも聞いた。傭兵に雇われた傭兵なのだろう。いったい、どれほどの報酬を払っているのだ」

「仕事に見合うカネや。俺と仲間はカネだけでつながってる」

「カネでつながっている者を仲間と……」

「呼べる」

語気を強めて津島の声をさえぎった。

「仕事中は彼らを信頼してる。そやさかい、仲間なんや」

津島が耳に入れたくないかのように顔をブルブルとふった。

鶴谷は口をつぐんだ。木村を、加倉を、白岩と菜衣もふくめて、侮蔑する発言は許さないが、講釈を垂れるつもりはない。

津島が瞼を閉じた。

鶴谷は煙草を灰皿に潰した。

ややあって津島が目を開け、息をついた。

「ひとつ訊きたい」

「なんや」

「どの段階で築地場外に目をつけた」

「場外やない。民和党の中山や」

「わたしと中山先生の仲を、赤城を威して暴こうとしたのか」

「そんな時間はなかった。で、官邸と民和党にひと膚《はだ》脱いでもらうことにした。経済の再生と東京オリンピック……連中には推進する目標がある。しかも、築地市場の跡地再開発は、日本再生、東京再生の起爆剤や。その築地市場に絡む身内のスキャンダルなど以てのほか……ついでに言えば、警察も組織の防衛と利権の確保に動くと読んだ」

「それで、怪文書を……」

「何の話や」

つっけんどんに返した。仲間にかかわる話は一切しない。

また、津島が息をついた。今度は深いため息になった。

「永田町から打診があった。君にどう対応するのかと……打診されたが、実質は、ひとつの返答しか求めない威しだった」

津島がくちびるを嚙んで悔しさをにじませた。

「あすの臨時理事会は中止にする」

「あかん」

鶴谷は間髪容れずに言った。

「予定どおり開き、その場で、従来の計画を継続する採決をせえ」

「そこまで……」

「いやなら交渉は決裂したと報告する」

「わかった。言うとおりにしよう」

津島の最後の声は軽く感じた。

《ありがとうございました》

東和地所の杉江の声は感情を抑制しているような響きがあった。

《先ほど、JIPAの理事会に出席していた我が社の坂本より連絡がありました。築地市場の再開発計画の見直し案は提出されず、従来の計画の継続が確認されたそうです》

「神山建設の件はどうなった」

きのう、JIPA本部を出た足で東和地所を訪ね、杉江と面談した。

いつものように交渉の経緯は語らず、山菱不動産の津島とのやりとりを話し、JIPAの臨時理事会をもって自分の仕事は終了すると伝えた。そのさい、不測の事態がおきないためにも神山建設への支援を検討するよう頼んだ。

《正式にはあすの役員会に諮ってのことになりますが、あのあと緊急に、社長、副社長、常務と協議し、山菱不動産からの融資の肩代わりをふくむ連携について検討するとの結論に至り、その旨を神山建設に伝えました》

「わかった。そこから先の話に俺は関知せん。それとは別に、相談や」

《なんでしょう》

「今回の件で、松島組の水原社長の世話になった。功労者のひとりや」
《なにか、松島組から要望がありましたか》
「ない。けど、むこうは俺が東和地所の依頼で動いてるのを知っていた。来年の春にＪＩＰＡの役員改選があるそうやな」
《そういうことですか》
杉江の声がやわらかくなった。
《坂本と相談して考慮します》
「その結末も報告はいらん」
《かしこまりました。ところで、報酬の三億円は如何いたしましょうか。経理上、現金渡しのほうがありがたいので、これからお届けしてもよろしいですか》
「あした、受け取りに行く」
となりで、菜衣がにっこりした。
ジャガーＸＫＲコンバーティブルはレインボーブリッジを疾駆している。
横浜グランドホテルの中華料理店を予約してある。
杉江と話しおえて五分も経たないうちにまた電話が鳴った。
白岩からだった。

ブルートゥースを操作する前にイヤホンを引きぬかれた。
もちろん、逆らえない。
暮れなずむ空を背景に見る菜衣の横顔は、ただ美しかった。